杨争光 文集

杨争光文集 卷·柒

诗 歌 卷

深圳出版发行集团
海天出版社

图书在版编目（CIP）数据

杨争光文集. 诗歌卷 / 杨争光著. — 深圳：海天
出版社，2013.1
ISBN 978-7-5507-0568-5

Ⅰ. ①杨… Ⅱ. ①杨… Ⅲ. ①杨争光－文集②诗集－
中国－当代 Ⅳ. ①I217.2

中国版本图书馆CIP数据核字(2012)第238424号

杨争光文集. 诗歌卷
Yangzhengguang Wenji. Shigejuan

出 品 人：尹昌龙
责任编辑：涂　俏
责任校对：景振航
责任技编：蔡梅琴　梁立新
排版制作：花季雨季
封面篆刻：李松璋
装帧设计：李松璋书籍设计工作室

出版发行：海天出版社
地　　址：深圳市彩田南路海天综合大厦(518033)
网　　址：www.htph.com.cn
订购电话：0755-83460137(批发)　83460397(邮购)
排版制作：深圳市花季雨季杂志社有限公司　Tel：0755-83526403
印　　刷：深圳市新联美术印刷有限公司
开　　本：787mm×1092mm　1/16
印　　张：25.75
字　　数：330千
版　　次：2013年1月第1版
印　　次：2013年1月第1次
定　　价：88.00元

目·录

・ 3

1981

1982

1979

钻天杨

你把生命聚成光束
从地心
向蓝天射去

当太阳把风熏成红色
在这红色中颤动的
是你绿色的旋律

余悸

他在呼吸，他在看着
看着这自由的一切
风，摇着花朵
草，泛着绿波

忽然看见崖畔的长藤
心，猛地一缩
眼前掠过一道阴影
他本能地摸摸胳膊

1979年3月30日晚

黄昏

夕阳隐去了
流云变幻着颜色
风是一支无力的竹笛

麻雀倦了
在檐前打盹
猫儿睡了
念着经文

给法桐

你来自法国？
不，我不相信！
资产阶级的树
在无产阶级的国度里
竟能抽枝长叶！
哈哈！
嗬嗬！

1979年9月初于法桐下

泰山杂吟

神像

碧霞祠内，有一尊佛像——

就是这尊威严的神
扭弯过无数善良的灵魂
如今三岁的娃娃来到这里
也敢指着喊它："泥墩"
为了这么点小小的进步
人们曾用血做过祭品！

五大夫松

《史记》记载，秦始皇28年登泰山，
到此遇雨，避雨五棵树下，因此封为"五
大夫"。

这是一个美丽的传说
秦始皇登山从此路过
突然而来的风雨需要遮挡
是它们奉献了青枝绿叶
春山的松树有千棵万棵

最聪明的要数它们五个

就凭那一时的卖乖弄巧

竟一跃而挤进了大夫的行列

柏洞

  在歇马崖北，盘道两旁古柏遮天蔽日，
人行其间，好似进入洞中

绿的神瓦

绿的龙橡

翠柏织成的绿云里

翘起绿色的飞檐

绿的楼台

绿的栏杆

翠柏叠成的门窗上

挂着绿色的门帘

这就是柏洞呵

一座绿色的宫殿

绿得神奇

绿得好看

步入柏洞

又像融化在绿色的梦幻

南来北往的游人

都成了洞中的神仙

一缕柔软的绿风

牵来了山泉

像天庭的仙女

拨动着琴弦……

飞来石

　　五松亭畔的崖边上有一块石头，上刻"飞来石"，传说是从云梦山飞来的，砸死了五大夫松，现在的松树是后人另栽的。

小小的飞来石如此大胆

敢于向至高无上的皇权挑战

赫赫秦皇的五位爱卿

被它砸倒在五松亭畔

我佩服云梦山石头的勇敢

又不能不为它感叹：

它驱逐了五个乖巧的大夫

却不能把它们脚下的土地砸烂。

于是，亭畔又栽起几棵新松

大夫的风度依旧翩翩

不过，飞来石也无须垂头丧气

云梦山本是座天然的石山！

1979年7月

沙滩上的梦

他躺在柔软的沙滩
沙滩像鸭绒褥垫

有一个梦
美丽的浪花镶边……

海水来了，唱着歌
海鸥来了，打着旋

他跟着海水去了
只留下静静的沙滩

梦呢
一片云影，在天边

1979年12月15日

绵羊

要给它捆上麻绳
对不起
它也会乱踢乱蹬

面对死亡的钢刀
头颅绝望地一扬
说不定
溅你几点血腥

对话

鸟儿——
我不能没有歌声

树林——
没有鸟群我不会生动

网——
我需要树林的掩护
等待着，还想
变成弹弓

1980

读闻一多的诗

你歌唱过祖国的花朵
也向往过如花的祖国
一腔爱和恨的热血
燃成这一团团烈火

你的诗心不会死去
可我又怕它真的活着
在大地上又"爆一声"
"不对，不对，这不是我的中国"！

1980年1月初

山里的花

她寂寞地开了
没有伴侣
从山那边来的风
悄悄地把小草吹绿

1980年1月8日午

一个驼背的诗人……

一个驼背的诗人
背篓里装满诗歌——
背篓里装满诗歌——
一个驼背的诗人

从东山唱到西山
不是他心里的歌——
不是他心里的歌——
从东山唱到西山

悲哀扭弯了一脸笑纹
良心在偷偷地哭泣——
良心在偷偷地哭泣——
悲哀扭弯了一脸笑纹

他靠着卖诗过活
诗歌都是人家的——
诗歌都是人家的——
他靠着卖诗过活

小鸡

在垃圾堆
啄到一条小虫
咯咯地叫着
跑了……

1980年1月中旬

小马

它睡着了
在安详的梦里
捕捉着幻想——

绿色的波浪
绿色的风
绿色的阳光……

如果它知道
有人正挽制笼头
它该有多么悲伤!

小鸟

母亲忧虑地说：
别飞了吧
风要折断你的翅膀

飞不飞呢？
它这样想……

拉磨的驴

它知道该怎么走路
所以它从不发愁

藤

自从知道你能把大树缠死
我获得了一个启示
如果为了生存战斗
也并不一味地
像钢一样硬棍一样直!

母亲

"夫天者，人之始也；父母者，人之本
也。人穷则反本，故劳苦倦极，未尝不呼天
也；疾痛惨怛，未尝不呼父母也。"

——《史记·屈原贾生列传》

一

我长高了，长高了，您再也不能摸着我的
　头给我爱抚了。
可是，不管在遥远的旅途，还是在异乡的
　梦里，我都能听见您那支古老的歌——
那是您的妈妈唱给您的，您摇着嗡嗡的纺
　车，又把它唱给我，轻轻地，轻轻地，
　就像您手中那根永远抽不完的线，把我
　从您的怀中送进温暖的梦，又从温暖的
　梦中唱醒……
多么美丽的歌呀，妈妈！做母亲的都会唱
　么？

二

我结婚了。
您取出我平日换洗的衣服——"拿去吧，
　　如今你有了媳妇……"
呵，妈妈，您为什么要把眼泪硬藏在眼眶
　　里呢？有人从您心中夺去了一份爱的权
　　利，妈妈，您可在"嫉妒"？

三

每当我远行和您别离，您的爱就凝成了两
　　行泪滴……
妈妈，把我从异乡的梦中惊起的，是您想
　　我的时候在灯影里飘落的一根头发吗？

四

"吃人嚼过的馍没有味道"。可是，当我
　　想起您把一口一口嚼碎的馍，喂进我还
　　没有长牙的小嘴时，谁比我更能品尝出
　　那"嚼过的馍"的味道呢？

五

妈妈，当我在您的怀里笑的时候，我是想
　　要您用爱的脸颊更使劲地亲我，偎我；
妈妈，当我在您的怀里哭的时候，我是想
　　要您用爱的手臂更紧地搂我，抱我。
不管是哭是笑，我都是在您爱的温泉里沐
　　浴呀……

六

我最先会念的音节是"妈妈"。从此，我
　　的生命就再也和她分不开了——
铅笔刀划破了手指，我禁不住这样喊，她
　　能减轻我的痛苦；
受委屈的时候，我就想这样喊，她能给我
　　慰安；
从噩梦中惊醒，我也这样喊，她能为我驱
　　除恐惧，让我不感到孤单；
我最先会念的音节是"妈妈"，当生命经
　　受临终的痛苦时，我也这样喊么？
妈妈……

七

母鸡觅到了一条小虫，它啄了啄，却把小虫
　　拨给了小鸡，小鸡们叼着小虫追逐着跑
　　了。
看着那只慈祥的老母鸡，您喃喃地说："它
　　也是做妈的呵"……
雨来了，雨点敲打着树叶，像乱弹着一架破
　　旧的钢琴，树上的鸟窝里，老鸟伸开翅
　　膀，紧紧地护卫着身下的小鸟。
望着那只风雨中安详的老鸟，您喃喃地说：
　　"它也是做妈的呵……"

八

我做了错事的时候，您骂我，打我，可是，为
　　什么您的眼睛里又涌满泪水呢？
您打过我的手为什么发抖呢？

九

我病了，半夜里常听到您低低的咽泣……
衣服破了，我躺在被窝里看着您一针一针

地给我缝好……

当我看到您的胳膊在洗衣盆里浸得通红的
　时候，妈妈，我明白了，衣服为什么会
　使人温暖……

1980年4月30—5月2日

夜曲

悄悄地
睡着了
夏日里静静的夜

轻轻地
弹出来了
山尖上圆圆的月

凉凉地
吹过来了
风儿拍打着草叶

甜甜地
飘起来了
谁的歌？……

1980年5月4日

太阳礼赞

一

光明
从海的坟墓里
从云的铁臂里
挤出来了

披一身蔚蓝色长袍，在东方
笑着，用金色的唇
亲吻着儿女
期待的目光

二

你裸露着走向人类
在你愤怒的目光下
一切道德家，伪善者的经典
被烧成了一篓纸灰

三

那从魔狱里升起的火球啊
从我的头顶滚过，呼啸着
是你的呼喊吗——
拥抱我吧
别嫌我太热

四

冰山流泪了
花苞微笑了
海水怒吼了

在你的怀抱里
多少禁锢的灵魂
解放了！

五

黄昏来临时
在天边燃烧的
是你愤怒的血

在地狱的入口
攀着大山竖起的栅栏
你向我告别——

去吧，孩子
把你的睡梦点燃
连同那黑色的夜

六

黑幕上发光的卫星
是你点着的天灯吗？

约作于4月初　转抄于5月7日

闪电

是最需要的时刻么
当沉重的阴影压向海面
你来了，握一柄带血的长剑
你来了，挥一条烧红的钢鞭

是要烘暖宇宙的火么
你短暂的一闪
却把生命的意义
写在乌云和大海之间

雨

一

雨，来了
旷野上
一排白杨

是春天的油吗？
听哔剥剥的爆响
绿色的火越烧越旺

二

窗口。琴声颤动着
飞出来了
到哪里去呢

雨，轻轻地
把它揉碎了
渗进绿叶里了

洒进田野里了

三

烟囱孤独地
喘着气
奄奄一息

雨
也为它而来么?

四

有人
关上了门

"让我进来吧,"雨说
它轻轻地敲着

五

一把伞

一对情人
"雨是凉的"
"不，香的
你闻……"

六

一天一夜了
雀儿愁了
猫儿厌了

该不该下呢？

七

留下春天
沿着弯弯的小道
雨，远远地走了

我曾有过这样的日子

醒了，我的梦
天空掠过夜鸟的叫声

咬着暖不热的被角
我习惯地睁着眼睛

怎么也赶不走梦中的恐惧
郊外，那射倒真理的枪声……

黎明

1

远远的一声，汽笛
犁破了乳白的晨曦
夜呢？

路灯说
我睡觉的时候
就把它藏进我的眼睛

2

夜叮咛着晨星
你是我留下的眼睛

小草跳了起来
不，是光明的尖兵

3

雾，徐徐地
拉开浓重的帐幕——

绿色的海
一瓣红桔

4

黎明抱起城市

烟囱醒了
做着深呼吸

1980年5月11日

记忆

你是我生活的画册
你是我揭过的书简

什么时候有了爱的温暖
什么时候不白地挨过一砖
什么时候放过一只风筝
不小心扯断了手中的丝线

在哪一条街遇到了狗咬
在哪一回风沙迷了双眼
在哪一次坐着小船
摇进了一个雨天……

梦里，我把你压在枕底，
白天，我把你挂在腰间

夜

1

夜是善良的
它孕育了花朵
也容忍了丑恶

2

难道这也是错觉
当那颗流星划落
我总以为它是
从夜的脊背上
倏然爬过的长蛇

3

夜来时
人们就点起灯火

多么平凡的景象
可是，也深刻……

4

飘下来了
又一张日历
从墙壁
落在我的脚底

我轻轻地将它拾起
蘸着窗口的晨光
在它的背面
写了一首诗

礁石

1

总逃不脱
扑来的波涛
不肯随波逐流
心上有浪的鳞爪

睁着迷茫的眼睛
听大海的歌谣

2

迎击风暴
不用空泛的喧嚣

沉默中蕴藏着新的力量
请问那喘息着败退的海潮

把生命的磨难

铸成雕塑

最能懂得它的
是海上斩浪的船夫

1980年6月20日

黑色

我爱你，这爱越来越深了，就像你本身的
　　色彩一样深。
太阳诅咒你，是因为嫉妒你，它能用猩红
　　的舌头把白云舔红，却不能销蚀你的鲜
　　艳，在太阳的淫威下，你更黑了，黑得
　　发亮，你是世界上最强的光！

无题

听不见蝉声
也没有了风

记忆和灯光一起
发酵着血腥

蜘蛛把生活的故事
从墙角织进怅惘的眼睛

钟摆，像槌
枯瘦的心被又一次敲肿

静静的夜
淡淡的星

花与土地

把根扎进深处，
更深处吮吸着泥土的血浆
于是，高贵的花说——
我忠实地为您服务
我给你漂亮的衣裳

土地默默地承受了

不是风景

太阳的血
从乌云的脊背上渗出来了
从乌鸦的翅膀上滴下来了

滴红了河湾
湿透了地面

不缺少盐
只要伸出舌头舔舔
我想……一定很咸

夜看流星

是谁在夜的磷面上
突然划亮了一根火柴
用最后一道生命的弧光
把这沉重的铁块愤然切开

小镇集市一瞥

脸，脸，脸
喧闹的冰山

眼，眼，眼
饥渴的枯泉

星星一样拥挤
星星一样疏远

沙漠落日

驼铃远去了
像庙堂寂寞的钟声

风舔着沙
在孤独地旅行

黄昏的尽头，太阳
像一只红肿的眼睛

一瞥

夜有多黑呵，黑似漆
像死神倒垂的黑翼
怯懦的太阳早已悄然远去
怕在这魔鬼的炼狱中窒息

猫头鹰却以翅膀为笔
从夜的前额上呼啸着煽起
挟带着生命愤怒的喧嚣
刷出一行梦一样优美的大字……

星

1

是一个多么庞大的家族啊，还在妈妈怀里
　　的时候，我就伸出细嫩的小手数过你，
　　可是，我从来也没有数清过。
多么像我的小花猫亮晶晶的眼睛……

2

我把崭新的书包抱在怀里，手托着腮，坐
　　在门槛上，凝望着你，——在田埂上放
　　出的那只蝴蝶风筝，不知这会儿到了没
　　有？

3

在中学课本上，我了解了你，你比地球还
　　大，甚至比太阳还热，可是，你为什么

只放出一点淡蓝的光呢？你为什么不像
　　太阳那么炙人，那么刺眼呢？
我喜欢你，喜欢你的平常和悠远，喜欢你
　　的深邃和淡蓝。

4

到月球去！到太阳系去！到银河系去！
为什么要扰乱它们平静的生活呢？我们能
　　像它们一样，没有欺骗、倾轧、争夺，
　　互不干扰，各自放着自己的光么？

　　　　　　　　1980年8月24日晨于祥符学校

送别

你伸开温暖的手放我走了
放我飞进天边的云层
你千万不要以为飞走的是只小鸟呵
而是系在你心上的一只风筝……

1980年8月28日深夜
写于宝鸡—青岛104次列车上

月

1

莫非你也有
痛苦的思索?

一丝灰暗的云影
悄然游过

像一道淡淡的愁纹
横曲在一个青年的前额

2

如果你的光
是清凉凉的水

我多么愿意
把手掬成酒杯……

1980年9月5日于山东大学

花儿开了

你来信说
古原上的花儿开了
信封里装着花儿的芬芳

这里的花儿也开了
我就坐在花儿的身旁……

淤泥与荷花

出淤泥而不染……
这是中国人
说中国的荷花
和中国的淤泥

外国呢
不知道

在海边

1

孩子般扑入你的怀抱
想掬一捧碧波
润润我的心窝……
你捉弄了我——

天真固然是一种美德
可有时会给你一枚苦果
就像这碧蓝碧蓝的海水
它苦，苦得发涩！

2

我的幻想是你的颜色
像太阳烧红的天空
又像一片巨大的绿叶……
你教训了我——

缥缈的幻想会使人陶醉
可只配给你梦中的欢乐
就像这海面上华丽的泡沫
可爱，却不能采上一朵

3

我爱你每一朵浪花
像珍珠从盘上滚过
也像少女的心一样纯洁……
你挖苦了我——

现象总显出五光十色
可说不定就掩藏着丑恶
美丽的浪花是给人看的
海底，也有死人的骨骼！

4

因为你在不息地运动
才吸引了千万条奔腾的江河
你富有，包容一切……
你提醒了我——

运动也是一种淘汰
永远进行着严密的选择
海从不轻易丢失一颗珍珠
滩头，撒满干瘪的贝壳

我羡慕驾舢板的小伙
像一位勇猛的骑士
在宽阔的草原上翻飞起落……
你讽刺了我——

羡慕也许是一种变相的怯懦
让你在感叹中把时光消磨
旁观者的生活是轻松的
斩浪，却需要一种胆魄！

1980年9月21—22日

海边速写

海岸

隆隆的潮水向你涌来
不！是你向潮水涌去

日出

每隔二十四小时就冒出一团猩红的血
被戳了一刀的地方至今仍未愈合

感受

站在你的面前
我的心在颤栗
仿佛，我害怕
会变成一缕水汽

枕着柔软的沙滩

并排睡在一起
我似乎听到，身边
一位哮喘病人
在急促地呼吸

当我再一次站起来
那时的感觉
又会怎样呢?

贝壳

为了忘掉耻辱
大海抛出了
一个个死亡的记忆

风却把最美丽的一个
偷偷地
用滚烫的沙子埋起

1980年10月21—22日

帆——黎明的葬礼

给暴风雨中的死难者

荒芜的绿原
蓝色的沙漠
风哭泣着
拖来一辆缓缓的丧车

海浪心虚了
用假惺惺的挽歌
抹平了
轧出的车辙

看海

我站着看海
海是一个平面
我躺下看海
海是一条直线

阳光——感觉与印象

1

太阳的帐篷下
有多少潮湿的黑洞
一只只阴郁的眼睛
在估摸阳光的比重

2

多少年没有阳光
地球的激情被压弯了
空气一脸霉相

幸亏没有死亡
在一个绿色的早晨
一齐挤上了晒场——

风，搓着僵硬的手指
草，舒开虚弱的翅膀

一个蜷曲的灵魂
正在剥那一层薄霜

3

不能平复的冲动
难以抑制的渴望
阳光
撕裂了乌云的胸膛

在
一个孩子的笑涡上
表现了自己

4

什么都可以买
权力、女人、新盖的楼房
什么都可以卖
谎言、良心、血红的印章
……

有一句发霉的话

撞我心灵的门窗：
问问吧，能不能
请卖给我一缕阳光

5

为了一个难忘的时刻
我冲进早晨
背靠着阳光
让诗打开快门
拍了一张逆光像

1980年10月24日

海滨，一株木棉

黎明放大了
你年轻的身影
横进我的眼睛

阳光即从你开始
黄昏将从你死去

1980年10月25日

老树

乌鸦飞走了
像一颗黑色的流星

失落了梦的灵魂
显得虚空

你把冰冷的手
伸向星星……

1980年10月25日

街道上

1

脸，各种各样的
脸的河流
脸的展览
在我灵魂的瞳孔里
放大
窜动
拥挤

我害怕
丢失了自己……

2

从长长的街道
用最后一丝力气
走向平地
夕阳

拖出我
瘦长的影子

然而，我不信
那血一样的色彩
描出的图案
竟是黑的！

1980年11月中旬

我相信——

我相信——
乌云散了还会合拢
也许，暴风雪又在山后聚集

我相信——
星光会解开暗夜的纽扣
给瑟缩的梦透露黎明的消息

于是，在梦里
我和一群乌黑的孩子
把一张水彩画贴上流水的肚皮

我相信——
一切新生的都将腐朽
一切腐朽的也会死去

我相信——
人生中有那么短暂的一秒
也许，会等于漫长的几个世纪

于是，我加入了
一长队方块形的日子
踏向一丛丛通向终点的荆棘

远处，一根电线杆

什么时候，它就立在这儿了……

——手记

一个迷乱的世界
风摇碎了多少梦想
面对高而怪的天空，你
一副瘦而硬的脊梁

我把沉重的头
慢慢地垂下胸膛
是的，该想一想了
人，在旋转的地球上……

写在平静的海面上

就这样

柔软地

不要声响

按原有的路，缓缓爬上

沙滩，或者退回

用礁石垒成的街巷

太阳用金色的皮鞭

驱赶着一群

绿色的绵羊

就这样

平顺地

不要动荡

我怕，你该不会

突然跳起

一颗带血的记忆

一粒苍白的哭泣

愤怒地射向

头顶上那一片

变得温和了的天空

1980年12月30日

1981

给Y

要哭就哭个痛快
不要这强装的笑脸
让你的泪停留在我的双肩
扛着它
我将爬过风锁雾迷的山峦

如果你突然感到了孤独
请把那条印有太阳的手绢
挂上你半闭的窗扇
为了你睫毛上的那道阴影
梦海里，我踩在第一颗晓星的上面

不要轻信风的谎言
黎明，还囚禁在波涛的那边

1981年初

嬉戏（女孩子和海）

一朵朵浪花飞来
诱惑着心，诱惑着爱
她跳着，追逐着
在采摘。像白蝴蝶
裙子在飘，帆儿
在波浪上轻轻地摇摆

她把一串串洁白的笑
和浪珠兜了一怀

海去了
笑声碎了，像一瓣瓣
粉红色的桃花
不再回来。她
和沙滩一起站着
眼睛里噙满悲哀

海在响，在远处
在她蓝色的眼睛里澎湃

1981年3月

无题

我害怕白昼，害怕声音

只对遥远的星

泄一道窗缝

常常，一声奔跑的脚步

把我从梦中踏醒

大颗的汗珠湿透了脊背

被踩碎的梦

飘落在颤抖的心灵

我等待遥远的钟声

像手臂一样多情

像风，把惊恐的心

轻轻地熨平

我睡了

在摇晃的梦

中寻找安全

像鸽子寻找天空……

1981年3月

站在遥远的地平线上

站在遥远的地平线上
太阳，请给我塑像

我来自漫长的黑夜
我是痛苦，我是噩梦
我是醒后的迷茫
我是眼泪，我是愤怒
裸露着一身擦伤
黑夜推出我模糊的躯体
让陌生的风咬噬着肩膀
太阳，请给我塑像

我来自阴湿的小路
我是追求，我是流萤
颤动着淡蓝的翅膀
我来自远古的森林
被压抑了千年的激情
带着一声声绿色的爆响
在延伸，在曲折地生长
太阳，请给我塑像

我来自童年的课本
我是幻想，我是色彩
我的思索奔跑在书页上
我来自记忆，我是见证
在剥落着碎片的墙壁上
我书写历史，不能发表的诗
载着方框在稿纸上流浪
太阳，请给我塑像

我来自茫茫的土地
我是禾苗，是苹果树
对秋天的等待和向往
我来自拥挤的城市
我是钢铁，是生命
血一般的火流在阵痛中
向死亡发起最后一次冲撞
太阳，请给我塑像

我来自没有滋味的昨天
我知道哪里需要芬芳和阳光
我来自锁链和镣铐
我知道哪里有囚禁自由的铁窗
我大步地奔向黎明
紧攥住第一缕金色的微笑
把滚烫的白昼拉进胸膛

我是责任，是民族挺直的脊梁
站在遥远的地平线上
太阳，请给我塑像

1981年3月

眼睛

给 ——

炎热里
你是一块薄冰
黑夜里
你是一片晴空

你是荒漠里
一畦湿润的泥土
你是玫瑰花上
一颗微笑的星星

你向我走来
摇碎了虹一样的梦
你离我而去
破碎的梦又重新合拢

你许给我一片黎明

你许给我一片黎明
和玻璃一起镶上窗扇——
它滑走了，像风
像黑暗中的一闪

你许给我自由的帆
我孩子般地扑向海岸——
帆呢？时间的眼泪
敲打着荒凉的沙滩

你许给我羽毛笔管
让我画风，画云
把黑夜画成白天——
我又一次错了，像种子
把爱嫁给了冰川

也许你收回了
当初的诺言
也许这一切
本来就是欺骗

我恨
我不能说
只在沉默中划亮火柴
烧红一根廉价的烟卷

1981年3月底

螺丝钉

一滴干枯的眼泪
一块冻结的热情
我被黑夜利用
不，我不是英雄——

为了狼眼睛似的天空
真正的英雄刚刚死去
黎明的海上
漂着他带血的头颅……

暗夜的笛声

1

又一个阴谋得逞了

死海上
漂出月亮的尸体

2

贴着夜的胸脯
风在走动
星星的奏鸣
给孤独者弹拨着慰安

3

笛声隐约
幽深的地方

颤动着一条小河
大地不再呼吸
宁静的合欢树
伸出绿色的耳朵

4

隔着檐雨
我寻找山峦
起伏的旋律

山是古老的
而花儿年轻

5

琴声沉下去了

湖里的夜
夜里的湖
盛满痛苦的星星

6

树林滑动

这桅杆的队伍
误入了
没有渔讯的季节

7

土地的负担太重了

汗水飞溅，夜
黑色的圣诞树
结满闪光的朱砂

8

绿树挂起一片片叶子
在等待风

9

黑暗的队伍
向大地蜂拥
河流在阵痛中弯曲

土地激动了
山脉耸起
粗野的脊背

1981年4月4日

自由

农夫冰冷的铁犁
插进温热的泥土
鸟儿用颤动的翅膀
写在遥远的天际

睡莲把浓重的色彩
涂进月光的梦里
战士把殷红的血液
滴在闪光的枪刺

是摆向黄昏的花圈
是响在黎明的婴啼
是生命绷紧的缆绳
是射满弹洞的旗帜

一个古老的童话
一个常新的命题

等待

流金泛彩的夕阳，把波浪
碾成一个广阔的平面
潮水波动，像蜿蜒的旋律
像少女蓬勃的曲线

你站立着，和走路的风一起
站在空旷的沙滩
孤寂的海鸥平伸着翅膀
播种着星一样的光点

眼睛是一滴不动的海水
和大海一样蔚蓝
海岸在胸膛里延伸，额头
和身后的土地一样庄严

暗流向最深处撞击
声音在波涛上呼唤
颤抖的螺号响了
暮色里，滑出橘红的灯盏

1981年4月21日

给一位未曾见面的朋友
s——

多么想撕碎黄昏
奔向你居住的小屋
让你的眼睛不再是朦胧的湖
让你的头发不再是飘浮的雾
窗口的灯光像星星，也像心
给四方洞开着门户
背负着同一个苦难同一片天空
都有着一样的血脉一样的皮肤
相识，何必相逢
没有过语言的瀑布
只在灰暗的层云下，时时
给你一个深深的注目

有星
就有露珠
让眼睛在清晨和午夜相遇
有风
就有小树
弹拨心曲也需要挽扶

在这空旷的世界上流浪
理解人也渴求人的理解
因为都害怕孤独
我是一只无篷的小舟
愿你是河流
像深情而有力的手臂
托着我把沉重的心向天涯摆渡

爱你，是我的姊妹
敬你，似我的长兄

1981年4月27日

冰凌

1

既然命运已经注定
它没有怨恨冬天

在星星睡去的时候
一队赤条条的孩子
把洁白的幻想
挨个儿挂满屋檐

2

仿佛来自遥远的世纪
珍珠的声音
敲打死去的记忆，敲打着
最后一个寒冷的日子
就这样，它哭了
一滴一滴
暖热了土地

呼唤起紫云英、星星草
甚至蒺藜

一个绿色的家族
从地平线上云一样涌起
一片片手掌上
跳跃着一万个太阳

于是，这苦难的队伍
向无云的天空
开始远征

3

在它死去的那刻
遥远的天边——

海在响

1981年5月

冬天的童话

给X R

雪停了，一朵云
从我的窗口飘过
她飘啊，飘啊
飘过流动的阳光
飘向——雪

我知道
她还是一个孩子，一个
不懂得寒冷的孩子
眼睛像一片晴朗的天空
只有善良的风
在那里耕耘过
小白兔一样的心
本能地爱着纯洁
因而，也爱雪
她笑着
让黑色的头发
像柔软的瀑布
从笋一样的肩头好看地滑落

她飘啊，飘啊
飘向一个只属于她的
没有污染的世界

我静静地看着
窗，再也没有关过

1981年5月18日

沙滩上的奏鸣

我歌唱带电的肉体

——惠特曼

1

我从波浪中走来
我平躺在沙滩上
像一片展开的土地
对着天空，对着年轻的太阳

2

潮水蔚蓝色的嘴唇刚刚滑过
我是波浪留下的柔美的线条
海风甩开我不安的头发
我是一丛冒出海面的丑陋的海藻
我是一条朱色的鱼
从最黝黑的地方走向金黄，沐浴着日照
我是大海一万年前突然丢失的船只

又升起在太阳的港口，下锚停靠
我是水草
我是千百次海啸中最温柔的一滴波涛
我是泡沫
我是大海里跳出的一粒赤金色的微笑

我从波浪中走来
大海把我又一次铸造

3

我是一支歌，没有歌谱
我是一首诗，没有诗行
我用我隆起的胸脯歌唱
我用我山坡一样平缓的脊背歌唱
我用我雪白的大腿歌唱
我的脖颈、我的臀部
像树林用叶子诱惑天空
像大海用自由诱惑波浪
我用我赤裸的身体诱惑世界
我在无声地歌唱

4

我平躺在沙滩上

我的身边是赤条条的男人和女人
他们和我一样，从波浪中走来
像从膨胀的母腹中走出的快乐的婴儿
用充满芳香的肉体和世界对话
他们是我的兄弟姐妹啊
他们是母亲和父亲啊
我为他们歌唱
都有一片金色的沙滩归他们所有
我歌唱属于他们的那一片沙滩
都有一块自由的空间归他们所有
我歌唱属于他们的那一块空间

5

那个正在吃着冰棍的小男孩啊
你也是父亲，我歌唱你
甜亮亮的糖液从你的嘴角滚出来了
眼睛像两滴不动的海水
阳光在你黝黑而鲜嫩的肩膀上愉快地爬动
像轻盈的蝴蝶扇动着耀眼的翅膀

你向世界描述着你自己
你向大海表白着你自己
谁猜透了你的秘密

谁就猜透了宇宙的秘密

6

那个抱膝而坐的姑娘啊
你也是母亲，我歌唱你
黑色的头发滑过你雪白的脖颈
柔嫩地飘下你的肩膀，飘向雪山的两边
你凝望着大海，你说些什么呢？

你用你柔美的线条炫耀你自己
你用你诱惑的肌肉表现你自己
刚刚突起的乳峰在你的胸前起伏
向大海羞涩地证明着你的成熟
把一个女人对快乐和甜蜜的初次感受
从最隐秘的地方延伸给大海，延伸给波浪
也延伸给波浪一样动荡的我

我歌唱你
我用我阳光一样灼热的眼睛拥抱着你
我的目光和太阳的微笑一起拧红了你的
皮肤

7

那些正在走和已走上沙滩的男人和女人啊
那些正在躺和已躺在沙滩上的老人和少年啊
你们是谁？我认识你们吗？
你来自和你的皮肤一样黝黑的庄稼地么？
你来自和你的头发一样茂密的森林么？
你来自和你的皱纹一样波动的河岸么？
你来自和你的脊背一样宽阔的平原么？
来自工厂、来自学校来自某一所华丽的办
　　公大楼么？
我为什么都一样地喜爱你们呢？
你们为什么都带着一种表情呢？
你们不是为了一斤面粉而厮打得不可开交么？
你们不是为了几块钱的奖金而争吵得面红
　　耳赤么？
你们不是呵斥过牛一样诚实的劳动者么？
你们不是在阴暗的角落里干过不可告人的
　　勾当么？

你们都来了，从波浪中走来
大海熄灭了你们眼睛里的仇恨
大海溶化了你们苦难的心
你们在波浪的怀抱中言归于好了
你们在大海的胸脯上组成了另外一个家庭

你们的目光和目光紧握在一起了
你们的情感和情感拥抱在一起了
你们的快乐是一个人的快乐
你们的笑脸是一个人的笑脸
你们一同友好地晒着太阳
没有遮拦、没有墙

海是一组和谐的歌谣
海在唱

8

我平躺在沙滩上
躺在男人和女人中间
一切都隐匿了，一切都消失了
没有思维，没有感受
没有艺术，没有信仰
帝王的车辇隆隆滚过
奴隶的白骨和呐喊的旌旗已成为遥远的秘密
一切都隐匿了，一切都消失了
我躺在男人和女人中间
躺在通体透明的世界里

我不再痛苦、不再沉思、不再寻求意义
这些男人的肉体就是意义

这些女人的肉体就是意义
有了这些男人和女人的肉体
才有了思想，有了神明和魔鬼
才有了热情，有了不平和抗议
才有了仇恨，有了拥抱和距离
才有了留恋，有了高贵和卑贱
才有了时间，有了结束和开始
创造了罪恶和灾难的肉体啊
创造了文明和爱情的肉体啊
无比丰满的肉体
包罗万象的肉体
我不再痛苦，不再思考，不再寻求意义

我在自由地起伏，我在自由地膨胀
我从来没有过这样的强大和丰满
我从来没有过这样的辽阔和苍茫
给我自信和力量的大海啊
我把我的名字写进你的碧绿和深蓝了
你是我庄严的一部分

在你的胸脯上长大的每一座小岛是我的一
　部分
和你连接着的每一片陆地是我的一部分
陆地上正在生长和正在死亡的一切都是我
　的一部分

那只刚刚穿过早晨的大雾，用孤独的翅膀

丈量着大海的鸥鸟

它也是我不可分割的一部分啊

我的延伸，我的扩张，我的补充啊

我的每一个丰满的起伏和颤栗

我的每一个美丽的不安和激动

我的眼睛，我的手臂

我是一个完美的整体

谁也不能把它打垮，谁也不能把它毁灭

它在歌唱中繁衍和延长着自己

它在歌唱中设计和创造着自己

金色的王冠，英雄的业绩——

请听我放荡的嘲笑吧……

1981年7月10日—12日构思于青岛
1981年8月23日—26日晨草稿于咸阳
西北国棉一厂招待所

小街（四首）

在中国，一座美丽的大城，一条陈旧
的小街……

——没写完的日记

黎明里走来一位少妇

黎明里，长长的小街

匆匆走来一位少妇

一把小篮，一只网兜

头发还有些蓬乱

眼睛还有些惺忪

甚至，没有隐去的疲劳

还在额头的皱纹里温柔地爬动

她要像追赶第一辆班车一样

去追赶生活，追赶

上班前短短的五分钟

给退休的老母点旺炉子

给没有睡醒的小女儿

冲一瓶炼乳，再拉拉被角

让她做完那个美丽的梦……

她以一个母亲的姿态走来了
她以一个主妇的姿态走来了
她以一个劳动者的姿态走来了
携带的不是细雨，不是轻风
不是诗人们描绘的迷人的意境
甚至，清瘦的脸颊上
也多了点严峻，少了点笑容
只有那匆匆的脚步里
能听出诗的节奏
比诗更充实，比诗更稳重

黎明里，长长的小街
匆匆地走来一位少妇

窗台上长出一盆兰草

每当太阳刚刚升起
一个小小的窗台就长出
一盆兰草，一盆月季
它出自一个纱厂女工的设计
为了它，曾跑过几回花市

该怎样计算它的价值？
一个月的奖金
七八天的工资
还有几个金子般珍贵的星期日

姑娘有一颗爱美的心啊
每一次夜班归来
机车还敲着耳鼓
头发上沾着棉絮
小街口，却不会忘记
眨一眨长长的睫毛
拽一拽淡绿的围巾
不让疲劳夺走她半点美丽
刚进屋，就打开窗扇
对着太阳，摆出来
一盆兰草，一盆月季

也许嫌窄狭的小街过于衰老
想给它一抹色彩，一缕年轻的气息
也许嫌严峻的生活少了点味道
想给它一点芬芳，几丝清淡的甜蜜
也许嫌少女的梦有点枯燥
想给它一个微笑，添点诱人的魅力

现在，姑娘已静静地睡了

带着一个有限的满足
带着一个疲惫的身体
只让窗口的花儿
和她平匀的呼吸一起
向着上升的太阳缓缓飘去

墙根下，坐着几位老人

他们来了，围在一起了
几把小凳，几把团扇
在一个向阳的墙根下
围成了半个小圈
点燃的不是烟袋锅
是几枝廉价却又实惠的烟卷

也许，他们在谈着他们的小街
小街上每天都会发生的同一个故事
也许，他们在一同记忆着过去
曾有过童年、少年和牛一样的壮年
现在，时间又把他们变成了老年
也许，他们使用了最大胆的想象
在设想死后的某一天，他们的小街
还会不会粗糙得像他们的布衫……

他们爱这个世界，这条小街
把血给了它，把肉给了它
尽管，它赠给他们的只是
一笔不太宽余的退休金
几把小椅，几把团扇
还有几支浓烈的烟卷
让他们在告别生活的时候
能有一个长长的留恋

现在，他们来了
在一起愉快地晒太阳来了
在小街的墙根下
围成了半个小圈
脸像太阳一样慈祥
也像太阳一样温暖

竹竿上，搭出几块尿布

一定出于精心的选择
才有了这些美丽的颜色——
一块尿布，一朵飘荡的云彩
一块尿布，一只快乐的蝴蝶
一块尿布，一片蔚蓝的天空
狭窄而又陈旧的小街，用竹竿

把它庄严地举过头顶
像高举起五彩的旗帜
对着年轻的太阳，呼啦啦飘动

它意味着一袋奶粉，一辆手推车
它意味着一个灵魂，一个生命
它意味着在这拥挤的世界上
要有一块有限的空间归他所有
它意味着无数个不同的人
要为他艰巨而神圣地劳动

这就是，在中国，一座大城
一条窄长的小街，一个窗口
一根竹竿上搭出了几块尿布
像晾出了一个动人的黎明
这就是，小街为什么
会突然变得那么优美而又让人激动
这就是，小街为什么
每一声脚步会那么疲劳而又急促
像信念一样平稳而又坚定

1981年9月4日—6日于山东大学

青岛

青岛的雾

一缕缕彩色的柔情，从
亭亭的绿女的腰间
飘出来了
飘向潮湿的蔚蓝

我知道了，海
为什么和我的心一样
总显得不安

"八大关"的夜

夜悄悄地睡了
在潮湿的柏油路上
在绿树五角形的手掌上
八个雄关温柔地挨在一起
月亮，也睡去了
漂在晴朗的天上

漂在晴朗的海上
我没有睡去
我等待"海的女儿"
在这静静的晚上
一个美丽的童话，我相信
会发生在这个地方……

早晨

一个背着书包的小男孩
从散发着槐花香的
小街上走过来了
波浪一样的布衫拉扯着黎明
他走着，望着天空
飘荡的眼睛
采着白云，放牧着
装满歌声的风筝

风摇着树叶，把大海
昨夜挂出的幻想
摇进他伸开的手掌
他奔跑着，红色的小毡帽
沿着呼唤他的铃声
飞去了

栈 桥

1

男人和女人来了
歌声和电吉他来了
笑语和嘈杂来了

海躲进一个幽深的地方
缄默不语了

2

一个老人
一个青年
目光轻轻地一碰
在大海的身边
一座美丽的桥
把他们
渡进了同一 个瞬间
或许，分手后
永远不再见面
曾经碰撞过的眼睛
带走了同一片蔚蓝

1981年9月21日

土地（五首）

父亲

他睡了，在凸凹不平的田埂上睡了
野风掀开他被汗水泡硬的布衫
向太阳袒露着结实的胸肌
拥挤的肋骨整齐地排列成岩石的队伍
他睡了，锄头弯曲在禾苗的背后
他睡了，牛一样地喘着粗气
起伏的胸膛缩小和放大着天空
手臂在延伸，脚趾在无拘无束地生长

他睡了，脊背压平了石头和土块
压平了野草和蝈蝈的叫声
一切都已消失，一切
都已忘记没有过黄昏，没有过早晨
没有过祖先被风雨泡涨的故事
树一样，又移植在他的梦里
无数条河流曾漫过他宽阔的额头
留下曲线，留下道路，留下生命的象形文字
没有过冬天，没有过炎热

没有过孩子饥饿时的眼睛和妻子无力的啜泣
大片的庄稼曾在他粗糙的手掌上一次次成熟
收割，又一次次潮水般涌起
留下坚硬的老茧，留下层层叠叠的山脉
长满不能收获、不会倒伏的荆棘

他睡了，狗一样地睡了
一切都已消失，一切都已忘记
只有笨重的呼吸和脊背一同起伏
把土地给他的疲劳又交还给土地
头顶的太阳集合起一万道强光
把慈祥和幸福赠给他熟睡的躯体
赠给永恒，赠给一个雕满苦难的纪念碑

戴草帽的姑娘

她沿着长长的田埂走过来了
戴着一顶草帽走过来了
脸上扑满太阳的颜色
像田野上霞光一样张开的小路
像夏天的庄稼一样摇动的波浪
粗糙的布衫上
流动着风的线条
卷起的裤腿沾满金色的泥巴

好看的脚丫踏醒青草的芬芳

少女的梦从这里开始动荡了
少女的胸脯从这里开始起伏了
像微黄的苹果树一样不安而优美
像五月的天空一样健康而开朗
她走过来了，走过来了
带着大平原粗犷的气息
带着头发一样潮湿的早晨
走向庄稼，走向汗水和疲倦
走向秋天，走向快乐和成熟

割麦子的母亲和捡麦穗的小女孩

她笑了，摇着乱蓬蓬的小脑袋
对着正在收割的母亲笑了
黑色的眼睛葡萄一样清甜
小篮儿在飘，小辫儿在飘
像一株未成熟的麦穗摇向天边

忧伤的目光在田野上滑落了
忧伤的目光从田野里长出来了——
小篮儿在飘，小辫儿在飘
正在衰老的母亲想起她

一幅丢失了年代的画……

哺乳的母亲

土坎上，一位少妇
正在给孩子哺乳
她是从庄稼地里走来的
她是从绿色的波涛中走来的
头发上的玉米叶
像一缕飘动的风
她是母亲，她不会羞涩
像秋天抱起一个鲜艳的苹果
捧给早晨的太阳
她半袒着美丽的胸膛
把鼓胀的乳房
捧给孩子
眼睛里布满慈祥

母亲衰老了，她没有衰老
在同一个土坎上
母亲曾哺乳过她
用乳汁延长了自己

她也会衰老

她给她的孩子哺乳了
把自己延长给又一个崭新的躯体
延长着劳动，延长着精力
延长着庄稼一次又一次收割
土地永远年轻的秘密

现在，怀中的孩子满足地笑了
她扣好纽扣
她拉住衣襟
理一理蓬乱的头发
又走进田野
用汗水去喂养土地

苜蓿花开了

苜蓿花开了
那个喂牛的老汉呢

他没有老婆，也没有儿女
牛是他的亲人和儿女

他的牛都是有名有姓的
他叫它们"黑女""花子""白蹄儿"
他给它们割草、垫圈、刮虱子

晒太阳的时候
就给它们讲一些胡编的故事
阳光温柔地照着它们
像照着一个慈祥的父亲
和一群童话中的孩子

他的牛都是善良的
哀伤的时候
他就抱着牛的脖子，脸
贴着脸给它们诉说心事
牛儿不吃草了
灯光在蓝眼睛里闪烁
像泪珠

他的牛都会劳动
会拉冰冷的石碾，会摇沉重的耧铃
弯弯的犁沟像永远走不完的路
一次又一次埋没着脚印
埋没着不会喊叫的精力和热情
……

苜蓿花无声无息地开了

写在十一月六日

给 L

1

在这个不幸的日子，你
选择了最美妙的时刻
哭出第一声
从母亲的痉挛里
继承了疼痛

沿着哭声
雪花跌落了
飘来一个寒冷的季节

2

在某一个早晨
当星星草的叶子
用滑动的露珠把太阳升起
你长大了

道路突然消失
那蜻蜓一样的笑呢
那雪地上鲜嫩的脚趾呢
草坪上吹动蒲公英漂亮的头发
荡起歌儿的故事呢

3

你不再把小手伸向妈妈
要那个鲜艳的大苹果了
你不再拉着爸爸的衣襟
上童话一样美丽的玩具商店了

当你从窗口看着街上的行人
看到情侣们的笑脸上爬动的悲哀
当你从卖母鸡的老妇人的额头上
读出了时间写成的挽联……
你发现了一个关于人的秘密
然后，忧虑地把它挑上你脆弱的眉尖

这时，我就会走到你的面前
给你讲那个"小白兔"的故事
惹你笑，却不给你说
在小河的那边……

4

如果不是你的提醒，我就会
像走过已经走过的那一串日子
又漫不经心地走过这个日子

然而，我仍然害怕
怕你像我的
被汗水和野风压弯了脊背的妹妹
瞪着天真的眼睛问我——
该不该长大？

我相信我撒过一万个谎
可在这一个诚实的日子
让我想想吧……
也许，重要的是
我们已经长大！

1981年于山东大学

冬天，一个农民的孩子死了

冬天，一个农民的孩子死了

蓝眼睛的小花猫听不见她低低的歌声了
田野里的风不能抚摸她乱蓬蓬的黑头发了
路边的青草不能用露水打湿她穿着布鞋的
　脚了
弯弯的小溪流不能照着她背着书包走过小
　桥了

洁白的雪花第八次悄悄地落了
迟落的雪花不能第八次吻她红红的脸蛋了

她是一个忧郁的孩子
她爱坐在门坎上数天上的星星
她还不知道云儿为什么不是一只小船
驮她到书上见过的那一座美丽的小岛
她也不知道雪花为什么不是蓝的
就像她睡梦中点亮的那盏蓝色的灯笼
在田野上拾柴禾的时候
她总要摘下一朵蒲公英，让风儿

从小手心里轻轻地吹上高空
洁白的羽毛带着她的心事飞走了
她的眼睛像初夏的早晨一样潮湿……

冬天，一个农民的孩子死了

她不能给背着圆圆的太阳锄地的爸爸送茶
　　水了
也不能和爸爸拉着地板车上县城的大街卖
　　　菠菜了
她不能给劳累的妈妈唱那支刚刚学会的歌
　　　儿了
也不能在妈妈生病时踮起脚尖上锅台做饭了
她不能咬着铅笔杆想那道神秘的算术题了
也不能给犁田回来的老牛擦脖子上的热汗了

冬天，一个农民的孩子死了

她是一个细心的孩子
她总爱躲在一个地方学妈妈洗衣服的样子
在木板上揉着找来的布条，歪着头
把甜甜的微笑紧紧地抿在嘴唇里
蓬乱的头发滑落了，她好看地扬向鬓角
伸伸胳膊，像妈妈那样呼一口长气
她还做了一个穿着花布衫的布娃娃

一个人的时候，她就美好地抱着它
给它"喂奶"，拍着它悄悄地睡进梦里
她是女孩子，她也要做母亲啊

冬天，一个农民的孩子死了

她得的是乡下的一种常见的病
她死在通往县城医院的路上了
十二里地，她没有跨过死亡的门槛
她死在一个寒冷的冬天里了

她见过的小鸟们仍在树枝上唱着歌儿
她采过的野花仍在一次又一次美丽地开放
庄稼地里的人仍在默默地劳动
遥远的城市，工人们仍在上班和下班

冬天，一个农民的孩子死了

她安静地躺在土地里了
和那个喂牛的老汉躺在一起了
雪花在一片一片地凋落
落在弯弯的小路上了
落在一个小小的坟堆上了

所有描写女人的书都是为她而作的

所有描写母亲的书都是为她而作的
所有描写爱的书都是为她而作的
所有描写悲哀的书都是为她而作的啊

冬天，一个农民的孩子死了

1981年11月7日—9日于山东大学

给 ——

太阳下，你和白杨树一起
甩动着黑色的头发
像炫耀临行时，黑夜
馈赠的那一团不会融化的阴影
你的眼睛像黄昏一样忧郁
你的肩膀像乌云一样沉重

当阳光的蜂群扇动翅膀
在呼唤热情
你已默默地把它凝固
放在颤抖的膝关节里
支撑着你不再激动
你知道在这个世界
谁也不会恩赐
你没有屈服
也不会跪倒
只在冷静地等待
等待一双同样冷静的眼睛

我向你跑来

我的阴影和你汇合在同一个地点
我的头发和你飘扬在同一片天空
你没有说你的脚有多么疲劳
你没有说你的心有多么疼痛
只把眼睛从酒杯里转向窗上的玻璃
远处飘来一片绿色的天空
你说：多像柔软的草丛
儿时在那里打滚
总要轻轻地闭上眼睛
让轻盈的蝴蝶落在鼻尖上
弹拨着风……

我想哭了
我知道你一手捂着肋骨上的伤口
一手已伸向又一个命运的按钮
你说你捂住的是走过来的一切
你说苦难也是一笔财富

于是，你离我而去了
留给我一声没有跌碎的
珍重

1981年9月中旬

在小树林

一个人走过去了
又一个人走过去了

你把脸贴上我的胸膛
让目光停留在我的鼻尖上
一片柔软的乌云从我的手心里升起

你一定在悄悄地问我
该不该来到这里
我把你紊乱的头发理向鬓角
轻轻地念出了一首小诗：
"船儿，向远方漂去……"

一个人走过去了
又一个人走过去了

你用甜蜜的手指拉开我的衣领
又把黑色的纽扣挨个儿扣齐
风儿衔着一片叶子落了
落叶的声音又一次缩短了我们的距离

你说这个世界太静了
又忧虑地问起那只船儿的消息
我不知道，我没有说
只把那一片飘落的叶子
轻轻地噙在我的嘴唇里

1981年11月17日

吹笛的青年和一头老牛

那个吹笛的青年
又拉着老牛走过来了
又走到那个年老的池塘边了
他吹的是一支自编的调儿

他没想吹绿那座远山
远山默默地绿了
他没想吹弯那轮月亮
月亮渐渐地弯了

当他吹到他走下牛背
从爸爸手中接过牛绳的时候
笛声变得庄严了
当他吹到他的儿子也会坐上牛背
看永远飘在天上的那朵云儿的时候
笛声变得哀伤了
……

那个吹笛的青年
吹的是一支自编的调儿

笛声在旷野上打着旋儿
牛蹄在水面上画着圈儿

1981年11月25日

窗外是充实的寒冷

窗外是充实的寒冷
窗里是充实的温暖
温暖居住在寒冷里面

我憋不住了
一把扯开门帘
把一行不冷静的脚印
种在冷静的白雪上面

还记得吗
那个寂寞的日子
我们在一起
凋落的雪花正在沉淀
你解开那条鲜艳的围巾
在结满冰花的小树上
点起一团飘动的火焰

是调和，还是挑战？
你把冻红的手指放在唇边
你没有颤抖，你说了

说是为了心里的一幅画
已画了几个冬天

很远很远了
还能看见……

1981年11月29—30日

背书包的孩子

他从小街里走出来了
他走过老槐树上的那口钟了
古老的钟声拨动着黎明
扇开小鸟洁白的羽毛
他走过来了，走出村口了
密集的庄稼把芬芳的波浪摇向两边为他闪
　　开一条小道

毛茸茸的小绒幅在他的头顶上飘啊飘
时兴的小书包在他的屁股上跳啊跳
路边的小花是为他开放的
像开放在他嘴唇上的那朵嫩红的笑
长长的谷叶是为他舒展的
他摘了一片
吹响一支小调
太阳在他的身后上升
土地在沉重地呼吸，在最深处
让每一丛草叶和树在白昼中为他喊叫
他走在田野上了，庄稼汉
赤裸的脊背上闪耀着金黄的汗珠

为他弯成了一座座彩虹般神奇的桥
他走过去了，戴着绒帽
他走过去了，背着书包——

一个永恒的主题走过去了
一个神圣的祝福走过去了
一个背着书包的孩子走过去了

1981年11月30日

给 S

1

在一棵矮小的杨树下
你给我讲过那个"丑小鸭"
阳光从树叶里柔软地飘来
落在你长长的睫毛上
像一缕彩色的忧伤

我知道你的故事没有结尾
你把目光迷茫地滑过我的肩膀

你说你没有哭
你用潮湿的眼睛
看树叶上滚动的露珠在早晨里放大着太阳

2

我在画一只受了伤的小鹿
悲哀地望着林中的小路

你说它一定想妈妈了
很远的地方，有一间青藤小屋

你默默地把画儿移上窗台
让阳光在小路上慢慢地流
望着你噙满泪珠的眼睛
我想说很多话，一句也没有说出

3

你躲过了那一缕红色的光明
你说你站在太阳背后
当它像一个大胆的孩子从窗口跑来
你的心在狂跳中失去了节奏

你说你失去的已很多很多
心里的泪，也不归自己所有
你说你在学习
在阴影里，不会难受

4

不要相信每一粒种子都有收获

不要相信每一个微笑都是快乐
当你在深夜里突然感到了寒冷
我会在很远的地方为你升起
给你一个微笑点
一盏微弱的萤火

不要相信每一片雪花都落在冬天
不要相信每一滴眼泪都是苦涩
当你在走路时突然感到了寂寞
请想起我，想起
你曾给我念过
you are my best friend

也许一切已不再相信
也许已经相信了一切
又一缕风走过去了
又一片叶轻轻地落了
没有过去的，是一段凝固的记忆
不会跌落的，是一个心动的时刻

1981年12月8—10日

1982

给吴滨

在那条长长的小路上
我编了一个长长的故事
给注定要到来的日子
可是，我忘了
当你把沉重的目光从酒杯里扶起
谁家的孩子关上了最后一扇窗户
让寒冷拉扯着印花的布帘
像老人稀疏的头发
像一面迷失了风向的旗

我不会为你祝福
别离的笙箫正在很远的地方无声地吹起
我突然想起了我的外祖父
一个棉花一样洁白的冬天
他用捡来的牛粪点燃了黄昏
让红红的火吻我的小手，我的脸颊
给我唱那支和他一样年老的曲子
后来，他消失了，在我的眼睛里
几朵蓝色的小花站在他瘦小的坟堆上
和夜半的星星一起猜着永远不会消失的谜

也想起了我的父亲
他拾过柴火、捡过麦穗
在这个长满苦难的世界上
也曾挺起脊背学过一个人的样子
后来，他重重地倒了
在用弥留的目光告诉弥留的日子
他不再恨了，他在爱
像爱属于他最后的那一缕空气一样
爱我，爱我的未婚妻
也会爱你的，也爱
和你的名字连在一起的另一个名字

也许，我不该想起已想起的一切
可是，我确实不会给你祝福
记住那两个不幸的人吧，两个男人
然后，请想起关于人，关于你的每一个问题
也想起我，想起那个没有太阳的正午
我和你打过一架
多么想再来一次啊
北方的第一片雪花
已过早地飘来
不要悲哀
当你在钓鱼台的河岸上吹起新编的口哨时
你会爱的，爱那里的石头、土块
爱每一丛在早霞里升起的小草、露珠

和向你走来的每一个鲜艳的老人和孩子
是的，我不会为你祝福
别离的笙箫已在很远的地方无声地吹起
所有的话让那个月亮一样温柔的姑娘去说吧
我只从墙上取下那顶没有年代的帽子
轻松地唱一支小调儿离你而去

1982年元月9日晚于吴滨家

注：写这首诗时，我可怜的父亲正在弥留之际，
抄这首诗时，他已到另一个世界去了。

给叶梓

当冬天属于我们的时候
我知道了
寒冷不再是寒冷
寒冷属于冬天的背叛者

·当苦难属于我们的时候
我知道了
痛苦不再是痛苦
痛苦属于苦难的背叛者

我在多难的冬天里行走过
没有雪的老树上
寒鸦多么孤单

1982年春节接信后记于飘雪的关中平原

野鸽子

给W

1

当黎明和风在上升的陆地上
剪出一棵棵云杉的时候
野鸽子呢

当冬天在年老的树上
摇落一片片洁白的羽毛的时候
野鸽子呢

她在太阳金色的脊背上
她在结满冰花的窗台上
冬天有多么孤寂
她有多么孤寂

2

飘雪的时候

野鸽子在很远的地方唱歌

她为她的歌声感动了

她没有抖落苦难

她用羸弱的翅膀承受着苦难

她没有诅咒寒冷

她用诚实的眼睛注视着寒冷

另一个遥远的地方

雪花撩拨着窗帘

门为冬天打开了

雪地上升起洁白的回声

飘雪的时候

野鸽子在很远的地方唱歌

冬天有多么辽阔

她有多么辽阔

3

于是，她起飞了

衔着为冬天创造的歌声

冬天有多么严峻

她有多么严峻

1982年接信后记于冷却的关中平原

草地上，一个小女孩正在采花

草地上，一个小女孩正在采花。

她飘荡的裙衫像刚刚撑开的一把淡绿的小
　　伞，清甜的微风用看不见的嘴唇在草叶
　　上吹开一层层轻波，微笑着向她跑来，
　　又微笑着向远处跑去。

她采花的小手像一只点水的蜻蜓，她的怀
　　抱是一只永远也盛不满的花篮。

在春天的草地上，她是富有的皇后。

她在进行着她的劳动。她为她的劳动流汗
　　了，圆圆的汗珠在她的鼻尖上、脸蛋上
　　闪着光。

她什么也不知道，她什么都忘记了，她的
　　头发和草地一样兴奋。

大地为她的劳动感动了。大地编织了春天，
　　大地的劳动因她的劳动而得到了报偿。

太阳为她的劳动感动了。太阳的上升因为
　　她而有了意义。她的脸上闪烁着太阳感
　　激的目光。

……

草地上，一个小女孩正在采花……

1982年2月

一个垢面蓬头的外乡人在街前乞讨

一个垢面蓬头的外乡人在街前乞讨，身后
　簇拥着一群戴着小绒帽的孩子，他们嬉
　闹着喊他"叫花子"，给他扔土块。
孩子们的脸像雪后飘出来的第一朵早霞。
外乡人慈祥地看着孩子们，用充满爱的声音
　说："我也有一个和你们一样的孩子"……
孩子们圆圆的头低下来了，默默地排成一
　队。
他们让那个外乡人摸他们的头发，他们的
　脸蛋……
他们为他送行……
他走了。
他走进晚霞织成的花园里了。
他走进鸟儿的歌声里了。
留下一阵孩子们还不能理解的钟声，但他
　们听到了。它在他们棉花一样洁白而又
　松软的心上飘来飘去……

1982年2月改

月亮圆的时候

月亮圆的时候，我不能给你一双翅膀。为
　　此，我常常感到悲哀。
我知道你想看见一双温暖的眼睛，枕着窗
　　口流来的月光，听那风一样低低的耳语。
散乱的头发像一片柔软的草地，一个小男
　　孩在它的温馨里甜甜地睡了——
那是一扇多么遥远的窗户啊！
如果没有距离和分割，为什么要有月亮呢？

月亮圆的时候，我不能给你一双翅膀，为
　　此，我常常感到悲哀。
我知道你买了一匹小马儿，放在你的床头，
　　只有它能驮着你到你想去的地方，看那
　　双温暖的眼睛，枕着窗口流来的月光，
　　听那风一样低低的耳语。
散乱的头发像一片柔软的草地，一个小男
　　孩在它的温馨里甜甜地睡了——
那是一个多么遥远的旅程啊！
如果没有你的小马儿，为什么要有月亮呢？

1882年2月改

雪在无声地飘着

雪在无声地飘着。

皂角树下躺着一个老人，戴着一顶破毡帽。
　稀疏的胡须上结满了冰花。一个又脏又
　破的白布兜儿陪伴着他，空的，像被饥
　饿的手挤贴在一起的肚皮。

布满皱纹的脸是烫红的，他病了。

雪在无声地飘着，寂寥在天空和旷野上编
　织着沉重的空虚。

一个衣衫褴褛的男孩子和风雪一起，从村庄
　里飘出来了，像一阵轻柔而活泼的音乐。

乱蓬蓬的长发下藏着被冻得紫红的耳朵，
　脏黑的脸上闪动着一双微笑的眼睛。

小男孩的手里捧着一只冒着热气的瓷碗。

瓷碗捧在老人的嘴边了，老人喝了一口，
　艰难地笑了。

小男孩从衣袋里掏出半个馒头，让老人吃，
　清脆的童音让人能想起鲜艳的苹果。

老人摸了摸小男孩落满雪花的头发，摇了
　摇头，把那顶破毡帽摘下来，戴在了小男

孩的头上。

"他是你的父亲吗？"

小男孩惊愕地瞪起眼睛……

他们是两个乞丐。

雪在无声地下着。

飘雪的世界上，有两个不幸的人在互相帮
助。

1982年2月改

瞎眼老人被一块石头绊倒了

瞎眼老人被一块石头绊倒了，他倒在长长
　　的马路中间了，倒在夕阳用最后的一片
　　云霞织出的黄昏里了。
路边的小沟里响起一阵孩子的笑声。
老人流泪了。他知道他受了戏谑之后，他
　　趴在地上伤心地流泪了。泪水浸湿了那
　　一片云霞。
一个乱蓬蓬的小脑袋从小沟里伸了出来，
　　惊愕的眼睛像滴在苹果上的雨珠。
当忏悔的小手抹去了老人眼角的最后一滴
　　泪水时，老人笑了："别难过，我是哭
　　着和你玩儿的……"
小孩哇的一声哭了。

1982年2月改

姑娘，不要靠着那棵孤独的钻天杨了

姑娘，不要靠着那棵孤独的钻天杨了，夕阳
　　用它无形的嘴唇在你的脸上作临别的轻吻
　　了。你的鼻翼像远处归来的海鸟一样困乏，
　　你的头发像大雨后的乌云一样疲倦。

姑娘，让你的美丽的睫毛挽住的泪水流出来
　　吧，让你的泪水流到我的心上来吧，我知
　　道你已失去了很多很多。你还会失去的，
　　因为，你想要的是那么多那么多啊！

姑娘，不要靠着那棵永远不动的钻天杨了，
　　黑夜已拖着黑色的裙子向你走来。你得到
　　的都是你应该得到的，你失去的也原是你
　　应该失去的啊！
远处的山梁永远不会悲哀的。

1982年2月改

外祖父

1

鸟儿的歌声飘在土槐树的叶子上
土槐树的叶子飘在稻草屋上
稻草屋里有一个诚实的土炕
诚实的土炕温暖着外祖父常年的梦想

2

年轻的时候
外祖父给典狱长背过枪
典狱长的丫环是他的妻子
可怜的丫环不会生育
外祖父学会了悲伤

当渭河在秋天里又一次涨水的时候
河水卷走了无数个村庄
那是一个美好的早晨
太阳升起的地方

漂来一只木盆
木盆里坐着一个婴儿
她是我的妈妈
妈妈的哭声揪住了外祖父的心

外祖母死去的时候
妈妈长大了
妈妈出嫁的时候
外祖父老了
他默默地走进县城
买回来两只绵羊

那是两只可爱的绵羊啊
长长的犄角就像晚上弯弯的月亮
他常坐在门口的石头上看它们吃草
像和忠实的朋友一起
享受着同一个美好的时光

3

我是在乡下长大的
小窝里下蛋的老母鸡是我的朋友
土槐树上的麻雀儿是我的朋友
外祖父是我的朋友

飘雪的时候
我和外祖父走进黄昏
捡来的干牛粪点起来了
照亮了外祖父脸上温和的皱纹
我快要朦胧地睡去了
小树林远远地看着我们
没有一点声响

田野上的黄昏很大
很大黄昏里的我们很小

4

清明节
外祖父领我去上坟
在一个瘦小的坟堆下
睡着我的外祖母

当煤油灯用豆大的光亮在墙壁上
摇晃着我们的身影时
外祖父就给我讲那个遥远的故事
他说外祖母很漂亮
就像路边常开的马兰花一样
他说外祖母也是他的朋友

给他做饭，补衣裳
也和他说话，每一句话
都像吃着烧熟的土豆
又热，又香

我不知道外祖母会不会爱我
让我也做她的朋友
外祖父摸着我的头发
他说会的，因为我爱她，想她
想别人的人也不会被别人遗忘

我相信外祖母也是个好人
我把一朵马兰花
插在了那座小坟上

5

我爱田野
我爱在田野上的草丛里捉蚂蚱
外祖父爱田野
他爱在田野上种庄稼
也爱在田野上睡觉
无忧无虑地，就像
他给我讲过的那个远古的皇帝

庄稼是一队队跳舞的宫女
往来的风吹着祝福的叶笛

我睡觉的时候常常做梦
梦见和妈妈在一起
我问外祖父也梦见他的妈妈吗
他总是笑眯眯地看我
我不明白，他为什么还说我
是个傻孩子

6

我上学了
我唱歌儿了
我最爱唱的歌儿
是外祖父教给我的

外祖父会唱的歌儿很多很多
他说他的歌儿都是听来的
春天里唱的，是苦菜花教给他的
夏天里唱的，是苜蓿花教给他的
秋天里唱的，是青蛙教给他的
冬天里唱的，是麦苗在被窝里
悄悄儿给他唱的……

我真羡慕外祖父的耳朵
苦菜花开的时候
我偷偷地坐在花儿的身边
为什么就听不到呢？

7

妈妈来了
外祖父病了
外祖父躺在土炕上
妈妈坐在炕沿上
外祖父的脸像土槐上飘落的叶子
外祖父的眼睛像晒干的庄稼地

外祖父答应我的兔窝还没有盖呀
外祖父答应我的小白兔还没有买呀
外祖父不再笑了
不和我说话了
妈妈说外祖父要和她谈大人们的事情
她赶我到学校去念书

妈妈，外祖父是我的朋友啊
我知道外祖父爱我
你为什么那么霸道呢

8

外祖父死了
妈妈说他找外祖母去了
我坐在外祖父的坟堆旁
我没哭，我不回去
我在看坟堆旁的那丛毛毛草
我在看远处的那片小树林
我相信快要下雪了
干牛粪又会点起来的
我和外祖父坐在黄昏里
他在唱那支低低的歌谣……

1982年3月12—13日写于山东大学

三棵树

寒流曾呼啸着从头顶滚过
抽动的枝条和黎明一起振响
在激动中划出疯狂的曲线
围绕着太阳
夜来时，声音在沉淀
三个并排的冷静
在原野上
守卫着宇宙的寂寞

当冬天摘去最后一片叫喊的叶子
它们拥抱着死了
对看天空，没有诅咒
也不再颤栗
枝桠交错着，只把搏斗的形象
固定在这里
像冻结在土地的胸膛上
一行古老的文字
一条条不死的道路
从这里伸向遥远
又从遥远处

向这里汇集
在不安地沉思

1982年3月

妈妈

1

我家在渭河平原上
妈妈是在平原上长大的

土地上的扒地草拖蔓蔓了
妈妈扎小辫儿了
田野上的荞麦花开过六次了
妈妈挎上挖野菜的小竹篮了
当荞麦第十二次开花的时候
妈妈摇着纺车纺线了
嗡嗡的纺车和扯不完的线儿一起
在圆圆的太阳和圆圆的月亮下
纺着一个女孩子的故事

2

茅草屋的旁边有一棵香椿树
香椿树的叶子伸过纸糊的窗扇了

麻雀儿在香椿树的枝桠上垒窝了
妈妈出嫁了

她离开了那座熟悉的茅草屋
她没有离开大平原
大平原上的风仍吹着她的头发
大平原上的庄稼仍养育着她

她离开了那棵高高的香椿树
她没有离开纺车儿
在另一个温暖而陌生的土炕沿
纺车儿仍和她说着心里的话

她把长长的发辫儿挽在头上了
她和一个过去不认识的男人一起过活了
人们不再喊她的名字
都叫她"二狗媳妇"了
当我的啼哭跌进那个瓦盆的时候
她又变成"牛牛他妈"了

3

妈妈爱姐姐
她说姐姐长大了能帮她纺线

（174）

妈妈爱我
她说我长大了能念书做官
妈妈也爱爸爸
她说爸爸养活着我们一家

冬天，土炕上最热的地方
是我和姐姐的
饭时，小桌上撒落的馍花儿
是妈妈的
当蟋蟀在窗外给星星唱小曲儿时
妈妈用蓬乱的头发挡住灯光
给爸爸缝补着那件
还会被风撕破的衣裳

风雨来了
树上的老鸟伸开宽大的翅膀
护卫着窝里的小鸟
我不明白，妈妈为什么
望着风雨中那只安详的老鸟
要喃喃地说——
　"它也是做妈的啊……"

4

妈妈爱钱了

她的钱是拴在肠子上的
妈妈说钱好
钱能买布、买醋、买盐
她总拍着我的头
说娃娃家不懂得大人的艰难

她很爱她的老母鸡
柜底下放着一个瓦罐
她每天都要数一数里边的鸡蛋
数一次脸上就多一条笑纹
她说等我念书的时候
就用它给我换一件学生蓝
她还说庄户人的日子就要这么过的
一把禾苗，一把粮食，一件布衫……

5

妈妈从省城里回来了
姑婆家住在省城
姑婆的孩子结婚了
妈妈是给姑婆家缝新棉被去的
妈妈是吃表叔的喜酒去的
回来就坐在炕沿上
给我们讲城里的故事

她说城里人花钱厉害
一顿饭的菜
就够我们家吃一个月的
她说她看不惯他们
不盖房，也不种地
不像过正经日子的样子
她还说城里的人不知道害臊
大白天在街上
男人和女人就挽着胳膊——
乡下的娃娃不能到城里去
去了，会学坏的

不过，她说她羡慕城里人
不愁吃的，不愁穿的
用推娃娃的小车儿，一会儿
就推回来一个月的粮食

好长时间了
皂角树下，庄稼地里
人们还谈论着妈妈
说"牛牛他妈真了不起"
说"牛牛他妈到过城里"
……

6

爸爸病了
爸爸的病害在肝上
妈妈也病了
妈妈的病害在"愁"上
妈妈说庄稼人
能经得起苦
能出得起力
庄稼人害不起病
爸爸死了
埋在那条弯弯的小路尽头了
留下了姐姐、妹妹和我
留下了黄昏里妈妈长长的哭声
她在哭一个女人的伤心
她在哭一个妻子的不幸
她哭着说她的命不好

大平原上的夜悄悄地落下来了
大平原上的灯一盏一盏地灭了
有一盏孤独的灯映着窗纸
一直亮到了天明

7

我们的田野里也有一片荞麦地

荞麦年年开花

我家门口也有一棵香椿树

香椿树年年发芽

荞麦花和姐姐的脸蛋一样好看

香椿树和姐姐同年

当荞麦花又一次开放的时候

当香椿树又一次长高的时候

姐姐不念书了

是妈妈不让她念了

妈妈说她是女孩子

庄稼人的女娃能认得工分就行了

庄稼人的女娃要学针线

妈妈说她还没念过书呢

妈妈用她的经验教导着姐姐

妈妈说长大了就要懂事

姐姐咬着辫梢儿不说话了

姐姐把眼睛哭红了

可是，姐姐顺从了

姐姐多可怜啊

妈妈多狠心啊

妈妈，我不是恨你

我是恨河滩上的那丛野枣刺

姐姐劳动了
大平原的田野里多了一个戴草帽的姑娘
姐姐纺线了
圆圆的太阳和圆圆的月亮下
嗡嗡的纺车和扯不完的线儿一起
纺着又一个女孩子的故事

8

荞麦又一次开花了

姐姐有婆家了
香椿树又一次长高了
姐姐出嫁了
和妈妈一样
她没有离开大平原
她只是到另一片庄稼地里劳动去了
她只是到另一个土炕上纺线去了

姐姐出嫁的那天
妈妈老了
当她想姐姐的时候
眼眶里就涌满泪花
姐姐也生儿育女了

姐姐也当妈妈了
当她抱着她的小英英来看我们的时候
我们的妈妈笑了
她说小英英的名字起得文明多了

我不知道姐姐家有没有香椿树
也不知道那里的人
把姐姐叫不叫"英英她妈"

1982年3月17日—18日草成

正午

1

这是正午
这是长满石头的山坡
我把头放进稀疏的草丛
像小山羊的胡须
影影绰绰地
覆盖住我清澈的眼睛

我知道我在逃避
逃避也许是一种获得
遥远的城市像一只沉重的乌龟
凝固在我轻盈的脚下

没有思想
也没有鸟儿飞过
风铃般的叮当
一定有不知名的花儿
在偷偷开放

2

我应该来到这里
这里的黄昏和我的脚印一样新鲜

一只狼在我的前面
我走，它也走
我停，它也停
我们之间有一段永恒的距离

我知道生命会互相残杀
也许，马上开始
可我相信现在的四只眼睛
只是生命对生命的注视
不必用声音壮胆
我没有学会咳嗽
也许在沉默中
才能平静地想各自的事情

然而，我喊了
用人的声音和荒野对话
远处的树林抖落无数叶子
给我回应
篝火点起来了
火光是我的

狼蹲在火光的外面

1982年3月27日—28日

写在小 N 的生日

她是在海边长大的，我到过海边……

——题记

1

在那一座礁石上
我凝望过大海
我相信，也凝望过你
海是朦胧的
你是朦胧的

当我扭亮桌上的台灯
我回忆着大海
我相信，也回忆着你
海清晰了
你清晰了

许多年前
我把狗尾草编成"猫猫"
在田野上念着单纯的歌谣

我在想，那时候
你会不会把岸草编成小篮儿
让彩色的贝壳开在里面

现在，你大了
要当演员了
可我为什么总是想
你现在唱的，肯定
没有那时的歌儿能拨动我的心弦

2

还是海边
我跟着一位吃冰棍的小姑娘
海变得遥远

我多么喜欢她啊
她的小手，她的嘴唇
那风铃般摇响的小辫
我多么想和她说话啊
或者，让她也看我一眼
可是，有一个和我一样高的妈妈
跟在她的身边

现在，我才想起
那小姑娘一定是你
要不，在你的生日
我为什么会想起她呢

3

你撒过谎
我是从你的
眼睛里看出来的撒过谎
我是从你的眼睛里看出来的
因为我们都长大了
不愿让别人知道更多的心事

于是，我躲过了一个诚实的日子
我知道你不会生气
因为，你也爱真实

4

我躲过了今天
也就躲过了祝福
今天是祝福的日子

我多么想每年都祝福一次
可是，我害怕
害怕你会一年年长大

妈妈有多么傻
当我的啼哭一跌上温暖的土炕
她就做了一个银项圈
拴在我的脖子上
说是让神灵保佑我
保佑我平平安安地长大

你有美丽的银项圈吗
我相信
你的妈妈和我的妈妈一样傻

5

你又过生日了……

1982年3月28日

我看见你们了

我看见你们了
当你们走出果林一样摇晃的庄稼地
当你们互相打闹着向大路上跑来
把一串串笑声撒落在地上的时候
我看见你们了

当你们穿过那片快活的杨树林
走下低处的小河
把一件花布衫挂在高高的竹竿上
阻挠和威胁着男人们的目光的时候
杨树的叶子在哗啦啦喧响
像一群群绿色的小鸟为你们飘扬
我看见你们了

当你们扑打着河水，让闪光的水珠
在你们的肩膀和胸脯上滚来滚去
当你们把头发浸在水里
又拖起来，一把一把地将着
让水珠在河面上清脆地摔碎的时候

当你们指着那个羞涩的新媳妇

戏谑地品评她身上那颗美丽的黑痣

她恼怒地向你们泼水

惹得你们大声笑起来的时候

当你们突然像发现了什么

抚摸着丰满的乳房

害羞地低下头去，又红着脸跑开

让胳膊在水里打开一朵朵雪莲花的时候

当那个最大胆、头发最长的跑上河岸

躺在草丛里，用手盖住眼睛

用柔软的肌肤呼唤阳光的时候

我看见你们了

我知道我们的庄稼为什么会那么优美了

我知道所有的孩子为什么会那么漂亮了

我知道为什么要有苹果树、流水和草丛了

我知道为什么要有土地、太阳和月亮了

啊，我看见你们了

当你们把洗过的衣服搭在胳膊上

一个一个走上河岸，穿过杨树林

让湿润的头发散披在背上

你们走进嫣红的夕光里了

走过庄稼地，走进幽蓝的小村庄了

我的心还在不安地动荡

1982年5月中旬

给小倪
——是你把我的名字刻上了石头

1

你不是山里的孩子

你从山里来

不知在哪一棵老树下

找到了这块石头

你说这是为我们创造的

老树给了你

拿着它和我会面

手在衣襟前不安地搓磨着

你轻轻地说

石头很小

你让我的名字

像穿过草地一样

覆盖了它

你笑了

石头很大很大

2

梦一样，你又去了
镜片像两叶摇荡的船帆
要到一个落满星星的地方
在天亮以前
画完那幅画
我想起来了
你讲过
那个老和尚快要死了
你很爱他
你们曾说过一句很长很长的话

3

我不该和你见面
你是为离别而来的
你创造了
一个没有结束的瞭望
当星光在草叶上摔碎最后的一闪
我怕
怕我会疲倦地睡去

我向你走来的方向走去

我要找到那棵老树

石头是老树的

那里一定有一个浅浅的小坑

在久久等待

到山里来吧

我们不是山里的孩子

我们都爱那棵老树

还有石头

在浅浅的小坑里

像一只温暖的眼睛

1982年6月写于山东大学

给L姊

1

当你像风一样
在我的面前
旋成一棵大树的形状
我默认了
树是强壮的
即使弯曲
也弯曲得自然
当你把散落在额前的头发
向后一划，请相信
只有我才能看见
在那里奔流的
是一个女人的曲线

2

一个人这样说了
两个人这样说了

三个人这样说了
于是，你相信了
你说你没有温柔
却不愿低下头去
为什么要到海边去呢
为什么要抚摸那座石头呢
在一个不显眼的地方
你用那把蓝色的小刀
刻了一道柔软的眉毛
眼睛在海上滑落了
你向大海祈求——
在我离去的时候
和它说话吧……

3

也许女人应该弱小
也许爱是一种承受
也许男人的怀抱是为女人创造的
心只有在合适的地方开放

像讲述别人的故事一样
你讲给我一次荒唐的旅行
从没有悲哀的声音里

我听出了忧郁

4

不会昂起头是不幸的
不会低下头是不幸的
快乐是天空的事情
让沉默陪伴孤独

暴风雨刚刚过去
你已把头发安详地束起
像要去参加一次庄严的婚礼
又轻松地笑了
披上一件过时的雨衣
我送送你，你说
雨后的风很冷
但却诚实

如果一切都已注定
让流云去温柔吧
让芦苇去温柔吧
还有月亮和远去的笛声
树依旧在我的面前
每一片深厚的树叶
都伸向它要去的地方

1982年6月18日于山东大学

七天

A

那七天
是你的
也是我的
如今，已属于记忆
那一声汽笛带走了你
那一片白杨遮住了你
站台上，有两滴不动的泪珠
是你留下的
让我放在最深的地方
做一面镜子
欢乐的时候，看微笑的你
悲哀的时候，看忧郁的你

B

当走廊里的眼睛敲打着紧闭的门
惊奇的目光里旋转着猜疑

你说，开饭了
温柔得像个妻子
你知道我爱吃西红柿
常常有三个馒头
两个是我的
你看着我吃饭的样子
总问我味道是不是合适
其实你知道
你做的菜我都爱吃
这时，你又像富有的皇后
而我，是饥饿的孩子

C

当小树林在朦胧的夜色里悄悄睡去
当小星星在你的眉毛上谜一样升起
我们坐得很近很近
轻轻地，飘来你平均的呼吸
我们没有说话
我们很少说话
就像那一次，我一个人
坐在静静的山谷里

我敢说，你爱我

只是那一片沉重的树叶
看着我，也看着你
你没有抚摸我零乱的头发
或者，像爱人一样
躺在我的怀里
你怕我们的小树林会突然慌乱
你怕我们的夜晚会失去静谧
花儿呀，亲亲我吧——
是我在大山里
对着花儿说的
你把它默默地写进绿色的小本
最洁白的一页里

D

别离不应该是这样的啊
这样的不应是我们的别离
你上车了，那一声汽笛竟没有潮湿
你拐弯了，那一片白杨竟没有颤栗
只有两滴不动的泪珠
和我真诚地站在一起
注视着我们
被隔开的那七个记忆里的日子

现在，我写信了
在一个陌生的异地
想念你
想念你
想念你
你知道它的重量
我也不会忘记
那一面镜子
欢乐的时候，看微笑的你
悲哀的时候，看忧郁的你

1982年8月4日—5日草于天津警备一团招待所

小院

A

谁也不知道他的名字
谁也不知道他多大岁数
那根竹杖不再敲打砖头地面的时候
那顶陈旧的毡帽不再出来进去的时候
那个伛偻着的腰在小院里消失的时候
他在一个没有星星的晚上死去的时候
小院里的人想起他了
小院里的人记起他了
小院里的人突然感到
小院里发生了重大的事情

B

小院里的人都上班和下班
小院里的人都很忙
小院里的人很少和他拉家常

不知道年轻的时候

有姑娘爱过他没有

不知道壮年的时候

他有过老婆没有

不知道他这一辈子

有过什么辛酸的事没有

不知道很远的地方

有他的一个或两个亲人没有

小院里的人内疚了

小院里的人难过了

C

小院里的人静静地站着

小院里的人都不说话

小院变成了一座神圣的教堂

他们的心里都升起庄严的感情

他们互相点头

像在悲哀中遇到了亲人

谁也不知道为什么

谁也没问过为什么

D

小院里多了一道新篱笆

小院里添了几盆水仙花
小院变得整洁了
小院变得亲切了
谁也不知道为什么
谁也没问过为什么

1982年9月12日晚写于天津市政协

原野

给L姊

在太阳死去的地方

灰色的河流突然失踪

留下空寂的原野、庄稼

和白杨树不安的歌声

我站着，不再走路

像在最后一刻的宁静里

感受着生命

我没有害怕

也没有激动

和激动带给我的灾难与不幸

我想起了一个早晨

没有墙的小院里

一串串葡萄拥挤着

熙熙攘攘地

倒挂在藤架下

一群男人和女人

在高声说话……

我知道有一天我会疲倦

那么，我就睡在原野上了
那么，原野就永远属于我了
你就会向我走来
守在这里
让你的哀歌凝固

无题

给L姊

我是和太阳一起来的
我将和太阳一起走上大路
给属于我的田野播下种子
像庄稼汉那样秋收
或者，站在最高的地方
让大风掀开的头发
像闪电中抖动的马鬃
我举起手臂
调集苹果树、兰花草甚至荆棘
布成云阵
没有遗嘱
又像太阳那样
隆隆地倒进山谷
死亡不是设计
一切都可能发生
也许还没有命名
在穿越马路的时候
车轮突然轧过前胸

或者，像我的父亲
在妻儿的啜泣中
无声无息地
就永远不再苏醒

不要难过
也不要惋惜
到我的跟前来吧
合上我没来得及闭上的眼睛
然后，再理理我的头发
就像干一件平常的事情

记得吧，那一次和你回家
在屋檐下避雨
风撩着你柔软的雨衣
在我的脸上飘来甩去……

1982年9月25日—26日写于天津市政协

原野

穿黑棉衣的人和他的狗
站在茫茫的原野上了
又看远处光滑的山头了
孤零零的白杨树
没有鸟儿飞来
山也没有奔腾起来
河流也没有奔腾起来
枯黄的岸草向天边摇晃
老鹰的翅膀倾斜了
像古老的战歌一样悲壮而苍凉。
起风的原野上
穿黑棉衣的人和他的狗
是北方的男子汉

1982年12月2日

关于一座大山的诗

武则天皇帝的陵墓（与高宗李治合葬）在陕西省乾县城北的梁山上，墓前有两大土冢，远看像女人的乳房，当地人称陵墓为"姑婆陵"。另有无字碑、石雕群和几位太子、公主的陪葬墓等……她躺在这儿，已经一千多年了。

——题记

一

太阳升起来了，升起来了

大平原在下沉
大平原上苍茫的庄稼在下沉
孤零零的小路在下沉
小路上行走的男人和女人在下沉
大平原尽头的山峦也沉下去了
沉下去了
沉缩成一个小小的坟堆

人都说她是一个了不起的女人

因为她是皇帝
人都说她是一个了不起的皇帝
因为她是女人

二

这是一座荒凉的大山
庄稼是荒凉的
芨芨草是荒凉的
山道上挑担老汉古老的山歌
暖不热一块最小的石头
石头，也是荒凉的

她躺在这儿了
和另一个男人躺在这儿了
和她的儿孙们躺在这儿了
像一个庞大的家族

这是一座神秘的大山
这里的石头能筑成辉煌的宫殿
这里的石头能竖起雄伟的纪念碑
也能垒成小屋
居住在小屋里的山里人
生殖和繁衍着一代又一代山民

远处的那一条大河永远也不会消失
像一群伸开翅膀的大鸟
驮着太阳
驮着月亮
驮着星星
在苍茫的岁月里起伏着、升降着

她躺在这儿了
和另一个男人躺在这儿了
和她的儿孙们躺在这儿了
像一个庞大的家族

三

她是写完最后一封诏书以后躺在这儿的
驼铃摇响了，摇向茫茫的沙漠
红柳树，摇向另一个遥远的国度
她是下完最后一道战令以后躺在这儿的
战马嘶鸣，扑向北方的群山
草地，扑向流血和牺牲
悲壮的号声和塞外的大风一起颤栗
夜月猿声，营帐外思归的眼睛寒星般闪烁

她是扼死了她的儿子以后躺在这儿的

她是捏死了她的孙女以后躺在这儿的
诛戮了忠心与不忠心的臣仆
成千上万个男人和女人，吃奶的婴儿
长安城颓坍的残墙上
殷红的血锈还没有剥落

她躺在这儿了
大山很静很静
这是一座神秘的大山

四

然而，她是一个女人
当她明白了她为什么能主宰一切的时候
当她明白了最勇敢的将军为什么会给她跪
　　下的时候
当她明白了最会说话的男人为什么会给她
　　跪下的时候
当她明白了没有一个人给她说真心话的时候
当她明白了她也是一个人，也会痛苦和哭泣
　　怀孕，和一个普通的农妇一样
也会生孩子，也会喊叫和出汗，也会死的
　　时候
她悲哀了

她没有说话

无字碑没有说话

她只是优美地躺在这儿了

裸露着，充满自信

坦荡的胸膛像平缓的山坡

像一片没有遮拦的天空

每一个乳房上都能站立起十个男人

太阳从容地走过去了

月亮从容地走过去了

星星从容地走过去了

威风和华贵倒塌了

宫殿和玉冠倒塌了

剩下的只是一个女人

山，树和一块又一块质朴的石头

她没有说话

无字碑没有说话

这是一座神秘的大山啊

五

山什么时候庄严起来了

和庄严的历史一起抖动

山什么时候热闹起来了

高鼻子和蓝眼睛们也上来了
穿西装和系领带的也上来了
凝视着荒凉的坟冢
凝视着冰冷的石头和花纹
像对阴性和阳性的崇拜一样
像对原始图腾的崇拜一样
凝视着，久久地凝视着
寻找着遥远的辉煌和文明
寻找着尘封和深埋着的意义和暗示

山民们也看姑婆陵了
姑婆陵，姑婆陵
他们只给她一个女人的称呼
累了，盼姑婆陵上飘起沉重的乌云
涝了，盼姑婆陵上露出一角天蓝

她没有说话
无字碑没有说话
这是一座神秘的大山

六

夕阳沉下去了，沉下去了

大平原在上升

大平原上苍茫的庄稼在上升

孤零零的小路在上升

小路上行走的男人和女人在上升

荒草和坟堆也在上升

升起来了，升起来了

终于，在空濛的夜色里

成为大山庄严的一部分

月，还是那一轮月

星，还是那几颗星

这是一座神秘的大山啊

1982年12月7日草成

流浪汉小调

1

戴上我的鸭舌帽
围上我的线围脖
出门打一个响指
嘴里飘一溜山歌
我是北方的流浪汉
快活又利索

我来自很远的地方
在城里找了工作
城里是北方的大城
北方的大城养活我
门外有自来水管
头顶是有线广播
一天一元八角工资
够买半袋蒸馍
不愁吃，不愁喝
不用低眉脸吊着
我是北方的流浪汉

利索又快活

2

我有一个年轻的老婆

七年前爱上了我

没结婚时她想我

结了婚后又疼我

一年见她一次

一次一个月

每回离别时

她老埋怨我

嫌我走得太急促

炕上枕头还没热

昨天写信来

说她生了个"小害货"

眼睛像妈妈

耳朵却像我

戴上我的鸭舌帽

围上我的线围脖

出门打一个响指

嘴里飘—溜山歌

我是北方的流浪汉

快活又快活

3

从前也有家
家住在西阿
老母忙织布
小妹摇纺车
父亲久病长呻吟
夜半哀歌闻冷月
西风吹，不禁儿女哭父泪
日月圆，难圆老母伤夫心
游子归来人已去
黄土埋骨北风彻
乱叶飞，自零落

老母面瘦如柴禾
小妹又出阁
一辆马车三声炮
痴眼断南桥
慈母悲，满头白发如飞雪
如今茅舍独自卧
思女女不归
念儿儿不回

盼信来，寄点小钱度日月

戴上我的鸭舌帽
围上我的线围脖
出门打一个响指
嘴里飘一溜山歌
我是北方的流浪汉
有时也不快活

4

不爱读诗书
不喜干工作
恨不能，办公室里凿个洞
和天上的鸟儿对恋歌

不爱看报纸
怕和领导说
恨不能，天天都是星期日
吹着口哨遛大街

有时也烦恼
烦恼无处泄
恨不能，办公桌上砸两拳

邻居房子起大火

最盼窗外飘大雪
城外看原野
天地一色白
万树肿，百草折
驼背老汉挑着担
晃晃悠悠过冰河

戴上我的鸭舌帽
围上我的线围脖
我是北方的流浪汉
到处寻快活

5

到过西子湖
见过飞霞阁
上过长城墙
望过秦汉月
海水浴场洗过澡
香山红叶作过帖
如今在灯下
口吐烟圈颤悠悠

咕噜咕噜像眼窝

寻来路，来无影

想去处，去无踪

有吃有住又有喝

只是心儿无着落

少离家，大不回，事无成

有谁知，人生是个啥货色

明日自有明日事

且熄灯，梦里自个儿说

1982年12月9日接信后草成于天津

1983

我们

1

只有我们了
迎着涌来的黄昏，你
拉开窗帘，把我们的灯
庄严地捧给城市，捧给世界
又转过身来，注视我
用一个妻子的眼睛
证实了我
是你的丈夫

2

当你把脸
温柔地贴上我的胸膛
我知道，你在用一个妻子的方式
询问我
瘦弱的肩膀，能不能
扛起我们的家庭

像一只船，在海上

平安地驶进航程

单薄的胸腔，能不能

经受风雨

像一棵树，倔强地

弯曲着上升

我们的手，能不能

紧握在一起

用我们的劳动

换来面包和油条

用疲倦的脚步

占领每一个珍贵的星期日

去郊外的原野

看早霞和晚霞耕耘天空

或者，在我们的窗前

听月光和兰草

讲一些温暖的事情……

就这样，你把脸

温柔地贴上我的胸脯

就这样，你为我

神圣地解开衣扣

3

也是个夜晚

你把白杨树的歌声
连同湿漉漉的头发
托付给我
小水渠采集着月光
从田野里弯弯流过

做我的丈夫吧，你说
妻子应有的一切
我都拥有，会有的
尽管缝你的衣领，不听话的针
还会把我的手指戳破
尽管为你做饭，我不懂
怎样掌握炉火
可是，我会学……

我怎样把你的身体
连同你的声音，紧紧地
揽进我的胳膊啊
大平原苍茫的夜
七年了，一闪而过

4

现在，你该说什么呢

你要说——
让我做你的沙滩吧
为你展开，让你
在我的胸脯上印满快乐
或者，静静地躺着
看天，看水，看水上飘落的云朵
当你在暴风雨里感到疲倦
让我的怀抱
做你平静的港湾吧
只要你
枕进我的臂弯
用喘气扑我的脸
沉沉睡去……

不，你没有说
你把我们剩下的零钱
聚集在一起
轻松地对我一笑
你说你是妻子了
要学着
安排生活

1983年4月

我站在北京的街道上了

1

我站在北京的街道上了
我流眼泪了

我是从小村里来的
小村很远很远
要过三条大河和很多山
也要过很多小村

我是沿着小路走来的
拐过村头的那棵皂角树
又拐上大路
当我翻过第一道山梁的时候
就再也看不见我们的小村了
但我知道
小村在那棵皂荚树下

2

我们家在小村里
小村是庄稼人的小村

小时候，祖父给我说
长大了，到大地方去
他走得最远的地方是那所小镇
他在小镇上卖过菠菜，买过猪崽
他的老婆也是在小镇上捡回来的
一个流浪的女人，从此
他又在小镇上卖祖母织的粗布了
他希望他的儿孙比他强壮
强壮地从小路走上大路
从大路走向没见过的大地方

他说北京就是最大的地方了
北京里住着皇帝
皇帝是世界上最有能耐的男人
皇帝的老婆是世界上最了不起的女人
皇帝坐的轿子
比我们村上的财东杨二还要威风
皇娘娘穿的衣服
比杨二的老婆还要气派
北京的城楼都镶着金子

北京的街道都铺着银子……

我站在北京的街道上了
我是从埋着祖父的地方来的
我想起了祖父
流眼泪了

3

北京确实很大
北京的大是祖父无法想象的

迎着那些马蜂一样涌来的男人和女人
我不知道，祖父会不会害怕走失
在小镇上卖菜的时候
他可是大声喊叫的啊
无拘无束地
一个男子汉的声音

走进不再住皇帝的宫殿
我不知道，祖父会不会感到心疼
他会不会说
不住皇帝的皇宫不再是皇宫
没有皇帝的世界也不再是世界

马路为什么要那么大呢
匀一点地方不能多种点庄稼吗
花和草为什么要栽在瓦盆里呢
瓦盆不是盛盐和酱油的吗
男人和女人为什么要游游逛逛呢
游游逛逛的人会过日子吗……

我站在北京的街道上了
我是从埋着祖父的地方来的
我想起了祖父
流眼泪了

4

小村的人都知道北京
小村的人常念叨北京
小村的人都说
最有福气的人才能走到那儿
北京是不知道小村的
小村太小太小了
小村太远太远了
小村在那棵皂荚树下
一股风，就可以吹走小村

是小村使北京显得宽阔的啊
是小村使北京沉重的啊
是小村使北京辉煌的啊
是小村使北京成了大地方的啊

我不知道，在北京的街道上
看不见我们的小村
看不见那棵皂荚树
小村的人会不会伤心
小村的人会不会难过……

小村的人都说
最有福气的人才能走到北京
我是我们村最有福气的人了
我流眼泪了

5

我走了很远很远的路程
走过了三条大河和很多山
也走过了很多小村
我是从小村里来的
那里埋着我的祖父和父亲
那里住着我的妈妈

临走时，妈妈给我说
到了大地方，别忘了老家
受不了外边的生活
就回来种庄稼……

我知道
我再也不会回到小村了
我要在大地方生活了
可我是从小村里来的啊
站在北京的街道上
我流眼泪了

1983年5月17日—19日草成

河的孩子

他漂在水上了
没有船
也没有帆
水低了，水涨了
远处的毛毛草
拿着他的布衫

1983年8月

长城

1

一个较聪明的人说
有人要抢走你们的妻子，杀死你们的孩子
大家愤怒了，害怕了
就从很远的地方背来这些砖头
累了，就躺在山腰上喘气
有的就趴在这里，永远不再起来
他们只是想保护自己
保护妻子和他们的孩子
过安宁的日子
安宁地活着，安宁地死去
他们不会想到
这些砖头
会给后世的子孙留下光荣和骄傲
留下伟大的故事和不朽的传说

2

不知道什么时候

有人从沙丘上的鱼臭里闻出了尸臭

就吐着唾沫走上城墙

又吐着唾沫走下城墙

为了感动自己

还创造了一个美丽的故事

创造了一个女人的哭声

互相讲述着

流着真情的眼泪

不知道什么时候

需要伟大了，需要辉煌了

也需要英雄了

有人就激动地走上城墙

又激动地走下城墙

说一些激动的话

或者，写几首激动的诗

没有英雄的年代

就有了英雄

就有了伟大和辉煌

3

砖头不是舌头

砖墙也不会说话

它一天又一天地衰老了剥落了
像一截又一截断裂的手臂
和乱草一起
躺在北方的山峦上，平静而漠然
鸦群和鸟群，年年
风一样掠过
山腰上
茂密的酸枣树绿了又红，红了又绿

它谁也不认识
它属于它出生的年代
属于背砖头的人和战死的壮士
也属于那个聪明人
从那以后的事情
它从来没有管过

1983年10月

摇船的小伙子告诉我

摇船的小伙子告诉我
他的家在开满芦花的地方

他的父亲是一个黑脸汉子
他的母亲是一位贤惠的妻子
小树林里有一所小学校
那位漂亮的小辫子老师
走到天尽头也难把她忘记

他说他三年前就不念书了
念书真没有意思
他要像爸爸那样，再大的风
也敢把船帆高高挂起
就是睡觉时的鼾声
也让所有的女人爱慕
男人们嫉妒得咬牙切齿
可在他的面前
又真诚地竖起大拇指

他还说他有一个没过门的小媳妇

一想起她，心里就感到美气
也保准能打一船好鱼
他希望小媳妇能像妈妈那样
会疼人、爱人，将来
也能生一个强壮的儿子
他下决心要买一条鲜艳的头巾
让她围着
在人多的地方走来走去

摇船的小伙子告诉我
他的家在开满芦花的地方

1983年11月

一位老人和一个孩子

一位老人和一个孩子
站在空旷的河滩上
向远处凝望

山很远
山在很远的地方
山把沉重的身影
轻轻地放在水上

山会绿，会黄
山永远不会长大
水会深，会浅
水很长很长

一位老人和一个孩子
站在空旷的河滩
风吹着老人的胡须
撩着孩子的衣裳

1983年11月

洗衣服的女人

她洗完了最后一件衣裳
她坐在石板上
小河的水清了，静了
小河水静静地流淌

她知道在她的背后
不远处，是她的村庄
她不想回去
她支着下巴儿
她要一个人坐在这儿
随便想些事情

她怎么也想不出
小河的水从哪里流来
又流到什么地方
就像不知道为什么
一个小辫子女孩儿
突然就变成了媳妇
不再叫做姑娘

小河的水很长很长呢，她想
河水流过的地方
也一定有洗衣服的女人
她也有丈夫、孩子
从前，也是个小辫子姑娘

她真爱这个地方
她坐在石板上
她支着下巴儿
她一个人
她洗完了最后一件衣裳

1983年11月

1984

雨景

雨网从天上撒下来了
雨网从地上飘起来了

田野是海
村庄是船
云是帆

风弓着腰
在旷野上拉网

男人们哪里去了呢
女人的花头巾在大路上奔跑
鱼儿一样游进村巷

瓦屋门口
看雨的孩子笑了
穿着红衣裳

1984年4月10日于天津

平原

1

爸爸上县城打黄酒回来的时候
一只瓦盆接住了我的啼哭
我就属于平原了

2

我爱在高高的玉米地里拔青草
我爱在长长的小路上奔跑
拽着风的后襟
叫喊着和风耍笑
也爱看大人们在田野上劳动
累了，就坐在地头上抽烟
抽着旱烟看山

山很远很远

3

平原上的人是从大山里走出来的
平原上的人是从树林里走出来的
他们成了土地的奴仆

一片又一片苍茫的庄稼啊
一个村庄和另一个村庄在波涛里遥相呼应
一间挨着一间的瓦房屋啊
每一张脸上都扑满黄土的颜色

旷野上的那棵老槐树耍尽了风流
为什么
他们对它那么虔诚

4

平原有多么沉静
平原有多么宽容
平原把大路托上胸脯
平原把高山举过头顶
平原不怕河流东摇西荡
平原不怕沟壑四处纵横

平原上有风，有雨
女人们戴着花头巾
就像在田野上跳舞
她们都会找到满意的男人
也会被男人看中
也会生孩子
她们的孩子都会长大
有汗水，也有热情

平原熏黑了多少人啊！
平原累死了多少人啊！

5

每一间厨房的瓦罐里都盛着盐和酱油
每一棵树下都有风
让男男女女们在阴凉处说话
说那些永远也说不腻的事情
孩子诞生了
父亲们都会激动得泣不成声
老人死去了
没有人说他的坏话

他们都悲哀地向他告别

送他到那片墓地

添几锹黄土，然后

轻松地说着笑话离去……

6

我坐在门槛上了

平原有多么大啊

平原真不简单啊

我闻着你的土腥味儿了

我听见你的河流的声音了

1984年4月21日—24日草成
4月26日晚改于天津

儿子

1

啊，我多么愉快
还在我年轻的时候
你就踏着河流的声音向我走来
我把你红嫩而鲜艳的身体
托上手掌
托过刚刚升起的太阳
大片大片的庄稼向我汹涌
苹果树挂满金果
海在遥远的天边强壮地喧响
这一切都属于我啊
太阳和你都是我的
都是我的儿子

2

还在我青春的梦里的时候
第一道红晕刚扑上你妈妈年轻的脸

你就在我的血脉里涌动了
你就在我们的话语间跳跃了
你的第一声啼哭
是怎样让整个世界
经历了一场激动的抽搐和疼痛啊
是怎样让温柔的妈妈
涌出一阵阵兴奋的汗水和喊叫啊
我是怎样紧紧地揪住头发
让大把大把的眼泪滂沱而下的啊

3

把我看做你的大熊猫
你的小火车，你的猫咪咪吧
我亲爱的儿子
我的头发像森林一样茂密
能孵化出云
能飞泻成轰鸣的瀑布
我的胸脯像两头健壮的牛犊
能鼓起风
能阻挡奉命而来的子弹
可在你的面前
我必须是温顺的鸟儿
听从你的意愿

为你的快乐扑动羽毛
我必须是绵软的雪花
在你拍着小手欢呼的时候
贴上你的小脸悄然融化

4

世界玩具般摆在你的面前
你的小眼睛还寻找什么呢
你的小手还想要什么呢
妈妈正美好地抱着你
恨不能让每一缕头发都变成风
抚摸你
就像抚摸黎明时不安的庄稼
爸爸正美好地看着你
他想起他出生的时候
他的爸爸也激动得泪流满面
踉跄着走向庄稼地
他大声说他有儿子了
他要把儿子养大——
那遥远的声音多么亲切啊
亲切得就像隔夜的雨声

5

你是我幸福的孩子
我的宝贝啊
我亲着你的小眼睛
我亲着你的小脸蛋
你的小腿，你每一个鲜嫩的部分
都能激起我无边的幻想
你使我的每一个日子都充满激动
你什么时候能戴着太阳帽
扬起骄傲的脸呢
能在笔直的大路上奔跑呢
能在挥汗如雨的田野上
强壮地劳动呢

啊，我多么愉快
还在我年轻的时候
你就踏着河流的声音向我走来
你是我幸福的孩子啊

1984年5月21日—22日 天津

思念

1

离开你多少年了
仿佛又回到你的身边
你的风像温暖的手指
梳理着我的头发
黄土的气息像你
哈我的脸……
不是你引起了我儿时的记忆
是你在淡蓝色的黄昏里
回忆我的童年

2

我的高高的城门楼呢
我的霞光里摇晃的小路呢
我的书包装满快乐的故事
红高粱扬着我的布衫
我爱你那轮嫣红的落日

想起吹糖人的老汉
就听见暖暖的波浪
漫上河岸

3

田野啊，你使我多么幸福
梦里常听见你的呼唤
疲倦的时候，总想你
真想在你的怀中安眠
忘不了你每一个平静的黎明
一想起梧桐叶上的露珠
就听见温柔的钟声
向村庄问安

4

每一家门前都有一棵树
每一间屋上都有一只鸟
灯光温暖着纸糊的窗扇
什么事情都不会发生
一想起你迷人的夜晚
就听见父亲轻微的咳嗽

白发盖着母亲安详的脸……
离开你多少年了呢
仿佛真回到了你的身边

1984年5月27日

生日

1

为思念夏天
你选择了这个日子
选择了晴蓝的背景
哪怕檐雨淹没了整个黄昏
你的眼睛没有阴云
你向我跑来
让黑头发炫耀般飘过肩头
不敢看绯红的黎明
在你年轻的脸上
我会失去宁静
而不能轻声地
为你祝福

2

因为有这个日子
生命才有了年轮

才有相识和别离
才有伤感或甜蜜的记忆
才有我，在你孤寂的时候
和你响应

有很多很多话
说一句也怕多余
饱满的小叶枣会告诉你
长长的柏油路会告诉你
来了又去的风会告诉你
在夏天，在每一年
属于你的这一个日子……

1984年6月5日

你还会说

你还会说
全世界的月亮
都集中在我的脸上吗
当鸟儿叫着黄昏，树叶
从很远的地方摇来
河流的低吟
你还会拉着我的手
坐在石凳上看我吗

冰花爬过窗帘
你还会和我一起
去看我们的雪孩子吗
风吹过树林的时候
你说山快绿了
能听见野百合的胚芽
正在喧闹

还会用睫毛
挡住我的眼睛
告诉我，早晨

总会有太阳
然后，把你的头
靠上我的肩膀
那么多人从街道上走过
你不搭理
只让我的脸
在你的呼吸里
开始晴朗……

哦，不敢祈求
明天的窗口，鸽子
会从黎明里飞来
多么想忘掉
雨滴总穿过黄昏
打湿记忆

1984年6月

岛

总是在这个时候
默默地摇出海面

也许有一个无期的等待
也许想把海水望穿

雷声在很远的地方
一只鸟
翅膀停在它的上面

1984年6月

夏天

1

夏天来了
我看见女人们
正从大街上走过
黑头发轻松地垂过肩膀
广场上，一个孩子
用手遮住眼睛
把脸朝向太阳

每一条道路
都通向它要去的地方
白杨树在爽快地喧响
风吹过的时候
每一片叶子的背后
都会涌出一涡儿一涡儿的阳光

2

也许因为太阳

太阳一天一天热了
我看见黄昏
人们坐在自家的门前
说着笑话
蒲扇摇来凉风
月亮穿过午夜的时候
竹笛从河岸上
在月光里滑行

3

而黎明
黎明永远那么宁静
绿草暗示般伸向路面
拔节的早玉米
像隔窗而来的雨声
……

4

真的热了
鸟儿也收住骚动的翅膀
河流发出呜呜的胸音

为风期聚集力量
小镇上的小伙在大声叫卖
有城市的地方
工人们正走向工厂
也许仅只是因为喜欢
那些年轻人
才让毛茸茸的胡子围上腮帮
才让额头闪出金属的光亮
才让他们在走路的时候
永远也不垂下肩膀

5

啊，六月
我看见收获过的田野
像母亲哺乳过的胸膛
那个吹唢呐的老汉
他什么也看不见了
他什么也想不起来了
他只想吹响唢呐
紧闭着眼睛，让泪水
在脸上痒酥酥地流淌
满脸皱纹的老太婆
像一个神情专注的孩子

跪在瓦屋门口
掬着从田野里捡回来的麦穗
要吹去一世的辛苦一样
吹着揉脱的麦糠

夏天来了……

1984年6月27日 天津

热爱夏天

给一位朋友

妹妹的病不会好了，他说，那是夏天——

他站在门前的大路上了
他没有让眼泪打湿手背

他是从很远的地方赶回来的
他是来守护他的妹妹的
妹妹在信上说
她病了，她想他
她不久就会远去

是夏天了吧
她说她最喜欢夏天
她真想让他讲讲夏天的事情
讲讲遥远的城市
那里是他工作的地方
……

夏天，夏天多么美丽

每一棵树都在蓬蓬勃勃地生长
每一片树叶都愉快地朝向阳光
田野上的人都在劳动
城市里的工人们
正走向家庭走向工厂

世界多么大啊
每一个男人和女人都那么亲切
每一个老人和孩子都让他感动
他真想告诉他们
有一个女孩子病了
她的病不会好了
不久就要远去
他真想说，他羡慕他们
能在一个明朗的季节里劳动
劳动有多么幸福……

他流泪了
他从来没有这么深切地
热爱过夏天

1984年6月28日 天津

山
给姊姊

仅仅缺少最后的力量
才没有穿过海岸
才有了死亡
也无法逾越的界限

海，并不遥远
为什么心
总不肯关闭
多少次生生灭灭
每一个夜晚
都有些奇怪的声音
死者的灵魂不肯安眠

为什么死不回头
总朝着一个方向
石头缄默不语
瞪着悲愤的眼睛
为什么荒凉的冬天
总竖起雪杉的桅杆

起风的时候
海水总奔向天空
遥遥呼应

也许还会奔腾
也许有一天
被阻截的潮水
骤然融化，勾销
一笔千年的积冤

海，并不遥远

1984年7月8日

是秋天了

赠李檬

是秋天了
淡黄色的高粱花
正奔向丰满的太阳

夏日的幻想已经过去
白杨树也带着成熟的颜色
向远处眺望
是秋天了
每一片落叶都知道了
什么叫做留恋

夜晚多么美丽
乌鸦在梧桐的阴影里
已朦胧地睡去
不知哪里飘来
泥土的气息
你就会看见月亮
还是那一枚金黄的月亮
你就会想起遥远的地方

想起朋友
想起家庭
老人和孩子

是秋天了
平静而不安的秋天来了

1984年7月

谁没有过年轻

谁没有过年轻

和朋友一起高谈阔论

雨珠和肩膀相撞

额头像初升的月亮

穿过长街

每一扇关闭的窗户

至今留有回声

谁没有做梦

萤火虫出现在幽深的地方

节日的焰火为夜晚降落

像斑斓的壁画

黎明时

扑满水气的葡萄骤然开放

谁不想伟大

纪念碑日夜生长

像枝丫蓬勃的大树

像旗帜

像欢快的进行曲

朝着结满白云的田野
飞扬

而日子
日子是排成队的面包
像一只只严峻的眼睛
是网兜拎回的青菜
是尿布和洗过的衣服
在绷紧的铁丝上
让风扬起
是汗水敲击砂轮
磨出火星，或者
鼓动阳光
换个儿点燃满坡的红高粱

点灯的时候
才听见哀怨
像不甘寂寞的蛐蛐
搅动夜晚

1984年7月

歌手

月亮圆的时候
流浪的歌手在唱
他唱得那么忧伤
每一个村庄都在谛听
门紧紧地闭着
每一扇窗户都没有灯光

老人们说
他唱的是一件辛酸的往事
很久很久以前发生过
今后也会发生
只要河还在这里流淌
只要还有村庄
只要还有善良的人在这里死去
只要他们的儿孙还在这里生长

月亮圆的时候
流浪的歌手在唱
他唱得那么忧伤

1984年7月10日

好长时间没下雨了

好长时间没下雨了
街道上甩下多少抱怨
鲜艳的红裙子
不再是漂亮的颜色
人们
害怕火烧似的
互相远离着
招呼和应答失去了往日的亲切
卖冰棍的老太婆感到了难堪
一边点着毛票，一边
骂树上聒噪的蝉儿

树叶在等待中学会了翘首
窗户在白天和黑夜里打开着
向天边眺望
每一阵隐隐的雷声
都会引起湿润的幻想
想起下雨的时候
想起早晨
想起孩子们的眼睛

像一篮一篮的水果

不下雨的时候
人们才知道
他们都爱雨
都是季节的孩子

1984年8月咸阳

石榴花

夏天里
石榴花开了
石榴花是姑娘的名字

月亮从天边出来
月亮看见了姑娘的头发
姑娘站在石榴树下
谁也听不见她的歌声

白杨树把大路
引向很远的地方
姑娘会坐着马车
从大路上走的

石榴树也会衰老
而花儿年轻
石榴树开花的时候
又一位姑娘
会来到石榴树下

石榴花开了
石榴花点着了夏天的激情

1984年

梅香

梅香抱着孩子
在屋檐下
她叫着孩子的名字
一边走一边唱歌
在田野上
几个戴草帽的年轻人
望着她

他们想起了吃奶的时候
想起年轻时候的妈妈
想起有一天
也会有个黑头发的女人
抱着他们的孩子
在屋檐下
美好地走来走去

这时，太阳
正照着田野上的庄稼
他们高兴得满脸通红了
他们扬起草帽

为她祝福
她抱着孩子，远远地
在屋檐下

1984年8月于咸阳

河

又看你来了
我是从小路上
走到你的身边的
我不想让别人
看见我步履蹒跚的模样
像装着满腹的心事

你还是老样子
我已不是那个少年
第一次离开你的时候
你满怀着父亲的情感
如今，我们是朋友了
为了这一天
我走了整整一生

再也唱不出那首苍老的歌儿了
你说世上的歌儿是编给孩子们唱的
老朋友见面了
什么都不要说
在一块儿坐坐就够了

高兴的时候在一块儿坐坐
哀伤的时候在一块儿坐坐
然后离去
各自干各自的事情

真的，你还是老样子
还在这里流着
几个小学生坐在树下
念着他们的课本
另一棵树下靠着自行车
一对年轻人
低声说着年轻人的话
吹小号的少年
站在高处
像练习人生一样
吹着响亮的练习曲
他们都享受着自己的时间
他们真让人高兴
我不愿让他们看见我
步履蹒跚的模样
像装着满腹的心事
我是从小路上
走到你的身边的
小路只有我一个人知道

1984年8月14日于渭河边

归来

河水一夜间宽了许多
桅杆也感到了秋意
风帆垂落
老渔夫的咳嗽空阔而响亮
他站在船头
像秋天的老人
向着太阳升起的地方
顺流而下
河岸上飘来
第一片安详的落叶

在这个时候
流浪者踏上了他出生的土地
他在看蜿蜒而去的河岸
他在看河水拐弯
就是从这儿走的，他想
他走过许多地方
世界多么大啊
又回到这儿来了
世界很小

天空像一口纯净的呼吸

而秋天
秋天多么亲切
亲切得就像家庭
像过去的朋友
像小时候
老教师给孩子们念过的课本
——秋天来了
天气凉了
一群大雁往南飞……

就这样
河岸上的毛毛草在他的眼睛里招摇
远处的村庄在他的眼睛里招摇
走过去的日子在他的眼睛里招摇
他什么也看不见了
眼睛里涌起一层潮湿

1984年8月于渭河岸边

风景

山不再艰难地行走
像一块倔强的石头
矗立在平原尽头
没有一点声响
空寂的石阶
一层层铺向天堂
像永远不能超度的灵魂
雪白的眼睛

土地慢慢伸开
分出田畴和道路
村庄和城市
劳累的男人
把头伸过长穗的庄稼
女人们的头发
朝着风的方向飘动
涨潮的水涛
像一群群纯洁的孩子
扑向河岸

用胖乎乎的手指
留下季节的消息

1984年8月咸阳

全世界只有一枚月亮

1

每一条河里都流着月光
每一片树叶上都流着月光
家家户户的窗台上都流着月光

全世界只有一枚月亮
月亮是大家的
月亮照着所有的地方
每一个地方都有远离的人
和月光站在一起
想起亲人
想起自己的家乡

2

祖母把纺车摇成了一轮月亮
她说月亮里有一个漂亮的女人
她有许多儿女

后来，她到月亮上去了
后来，她就想她的家了
想她的儿女们了……
祖母说人不要远离
离开了，会想家的

全世界有多少地方呢
我相信每一个地方
都有老祖母
也有孩子
也有远离的人
想起月亮的故事
想起亲人
想起自己的家乡

3

在我远离的日子
在月亮升起的时候
有一张地图
就变成一片金黄的树叶
为我飘落
我就会想起过年的时候
大人们又做好吃的了

孩子们又穿着新衣服唱歌了

过年好

过年好

吃白馍

砸核桃……

全世界有多少远离的人

就有多少金黄的树叶

在月亮升起来的时候

飘落

4

没远离过的人

是不会想家的

也不会知道月亮

今夜

谁的眼睛里流着月光呢

家家户户的窗台上流着月光

每一片树叶上流着月光

每一条河里都流着月光

1984年8月19日

香椿树

不知道什么时候开始长了
香椿树越长越高

他们从它身边走过
看它一眼
隐进自己的家门
然后就听见关窗户的声音
谁也不知道那里边
会发生什么事情

什么事情也没有发生
就这样
他们从它身边走过
看它一眼
隐进自己的家门
然后关住窗户
就这样
香椿树越长越高
夏天的时候

蝉儿爬在它的身上
一直叫到秋天

1984年9月—10月 西安

朋友

有一件事情想不开
想不开就分手了
分手得那么容易
那么痛心
一点也不后悔

确实是好朋友
有过好朋友的时光
你像爱我一样
爱过我的妻子
去过我家
那一座山
曾使你悲哀得痛哭流涕

从那以后
你再也没忘记过我
总在我意想不到的时候
出现在我的门口
站在我的面前

一天天衰老
像经历了许多事情

那是些失意的日子
喝酒的时候
你把我的名字摔上桌子
喷得满是酒气
……

以后就是分手的日子
就是你结婚的日子
你的朋友们我不认识
也不认识那个女人
他们围在你的跟前
给你说好话
和你称兄道弟

没有我的日子
你仍旧过得那么快活
没有一点缺陷

1984年10月 西安

干旱的日子

庄稼地荒芜了

庄稼被太阳烧死了

女人们浑身发抖

她们捂住耳朵

听她们的男人们在地头痛哭

眼睛里布满血丝

她们知道

灾难马上就会降临

男人们哭过之后

就会揪她们的头发

踢她们的肚子

让她们在地上滚来滚去

夜晚的时候

他们又紧挨着坐在窗口

不流眼泪

不说一句话

庄稼地荒芜了

庄稼被太阳烧死了

1984年

你是姑娘

你是姑娘

你漂亮

你穿着红衣裳

你会跟一个不认识的男人成家

也会就近找个人家出嫁

一夜工夫你变成老太婆

你养儿养女让他们长大

也许你明天会死

你爸爸就得一场大病

你妈妈哭得死去活来

也许你一辈子能找许多男人

然后当了快乐的寡妇

你会发福

发福成一个肥胖的女人

也难免遇到些伤心的事情

你就会哭就会流泪

让脸上沾满头发

你穿着红衣裳

你漂亮

你是姑娘

1984年11月

船夫的故事

河岸上有一片蒿草
过路的船夫看见它
就泪水汪汪

他追上了最后一群鱼
他没有追上他的女人
当他逆流归来
在蒿草生长的地方
他没有看见她的影子
她跟着那个串乡的木匠走了

女人走了就没有烟囱了
女人走了就没有家了
就没有男人的夜晚了
就剩下河岸上的蒿草了

他把头垂在胸前
泪如雨下
他想他要在水上度过一生了
他调转船头

成了真正的船夫

河岸上有一片蒿草
过路的船夫看见它
就泪水汪汪

1984年11月

下雪有多好

下雪有多好
田野和街道是孩子们的
大人们躲在屋里
手缩进棉袄袖里
坐在炕头上赞叹天气
被窝里的懒婆娘睁着眼睛
看墙上的胖娃娃骑着大鱼

在门前扫一条路有多好
客人们远远地来了有多好
懒婆娘就变成勤快媳妇
扭着屁股走进厨房
锅台上碗勺叮当

庄稼在地里长着呢
雪在天上下着呢
吃饭时就提起儿女的婚事
想到明年
说不定有发财的好运气

1984年11月

儿子结婚的那天晚上

儿子结婚的那天晚上
他一个人到磨房去了
磨房隔住了院子里的笑声
隔住了白天残存的酒气

怎么也赶不走儿子
儿子在他的眼前晃来晃去
儿子是个好儿子
儿子是在磨房里生的
那时候，老婆多么年轻……

他不知道为什么要想起老婆
眼泪快流出眼眶的时候
他用袖筒抹去了
他想人真是个怪物
有些时候
就没根没由地想流点眼泪

1984年11月

冬天是下雪的时候

雪埋住了房上的瓦松
雪给打谷场上的草垛戴帽子
给白杨树描白眼眉
白杨树站在雪地里
成了宫廷卫士

下雪的时候没有路
抬一桶水回来就有了路
走一趟亲戚就有了路
脚印就成了缰绳
拴着所有的村庄像拴着的牛

男人们跑生意去了
家家都关着门户
老女人爱和老男人在一起
想一些陈年旧事
消磨冬天的时光
姑娘坐在小媳妇的炕上
剪窗花儿纳鞋垫儿
问结婚的那天晚上

小丈夫怎么给人使坏

冬天的夜晚最长
冬天的夜晚睡不着觉
能想好多事情

1984年 雪中

1985

黄河

一

青海没有水

青海很少有水

青海是长山的地方

青海是长草的地方

青海是长花儿的地方

也有唱花儿的人

住在小房子和帐篷里

散落在青海

青海不是别的

青海就是青海

青海很远

青海是黄河的源头

书上说

追赶太阳的人渴死了

最后一滴眼泪滚出眼窝

眼泪水向太阳走来的方向流去

头发长成茂密的树林……

人真会编故事
黄河不是故事
黄河向东流

二

黄河在石头上流
黄河在冰凌上流
黄河在景泰蓝上流
黄河在青铜上流
黄河流过金城流过银川
黄河流过大沙漠流过黄土高原
黄河是晋陕峡谷
黄河是壶口瀑布
黄河是龙门
黄河是风陵渡
黄河流过的地方都是好地方
听见那些名字
就让人幻想

三

黄河流过河南了

黄河伸展开了
黄河成了地上河
黄河在太阳下闪着光
夜深人静的时候
很远的地方都能听见黄河的响声

四

黄河流过很长的路程
黄河流过的地方都有人
他们居住在黄河岸边
他们一代一代死去
又一代一代生长出来
他们是北方人
他们活得很艰难
他们都有说不出的心事

泛滥的时候
黄河给地上摆满尸首
黄河淹死男人也淹死女人
黄河淹死父母也淹死孩子
黄河让活下来的人无家可归
不涨水的时候
他们又走回来

寻找自己的亲人
寻找房子和粮食
他们害怕黄河
他们望着黄河
他们在黄河边上哭得死去活来
然后，又在这里休养生息了
他们不离开黄河

五

黄河让很多人流泪
那是他们想流泪了
黄河让很多人激动
那是他们想激动了
得意的时候
就对着黄河大喊几声
黄河使很多人成了名人
也有人站在黄河岸边
唱哀怨的歌
实在想不开了
就跳进黄河
让黄河冲走

想当大人物的人挺身而出

做一面旗子
让天下的人打仗
让天下的人流血
打赢了就是皇帝
就住进宫殿养一群女人
就治国平天下了
死了，就埋在这儿
就万世不朽
黄河流着
他们不流

六

黄河只是黄河
黄河是水
黄河卷着泥沙
黄河向东流

七

黄河落雪了
雪盖住了青海
盖住了甘肃和宁夏

盖住了黄土高原
盖住了山西河南山东
盖住了遥远的海岸
盖住了刁口镇上的瓦屋

也有远行的人
戴着帽子
穿着棉衣
走出自己的家门

什么事情也不会发生
夜深人静的时候
很遥远的地方都能听见黄河的响声

八

全世界有多少河呢
每一条河都是水
都流了很长的路程
都有人住在那里
在那里流泪悲伤
在那里生长

黄河五千里

黄河流过半个中国

黄河是中国的河

黄河卷着泥沙

黄河向东流

1985年1月

大青马

它是在奔跑的时候倒下的
整个高原听见了它的嘶鸣

那是一匹好马
谁知道它摔死了多少好汉
多少好汉想爬上它青色的背
享尽高原的威风
他们爱它如命，怕它如命
他们摔断了所有的马鞭
一听见它的叫声
就激动得一脸铁青

那是高原上真正的马
高原人知道它的名字

没有人寻找它的尸体
没有人看它死去的样子
风从山里扑来
所有的好汉都低下头去

他们知道
他们被拴在高原上了
永远走不出高原了
他们要在山口和川道
在大青马嘶鸣的地方
耗尽一生的精力

1985年8月10日写于贵阳

这些山

这些山照在画片上
就是美丽的风景
这些山拢在夜里
就是一个和睦的家庭
这些山在高原上
是碰死好马的石头

这些山连在一起
折断你的视线
这些山挽在一起
让你迷路

那里的人吃这些山
那里的人靠这些山
他们是一群守山的人
死了，就埋在山里
埋进石头
外边的人不会知道
没看见那些洗衣服的女人
谁知道这里会生长爱情

没看见那些晒太阳的孩子
谁知道这里还有幻想
没在山里住过
就不懂那些恨山的人
为什么在伤心的时候
想抱着山大哭一场

1985年8月12日晚 贵阳

石板房

每一间石板房
都能给你说点什么

晾在阳光下
躲在阴影里
给山上挂满小路
给山里点出烟火

没有这些石板房
山就让你绝望

一个石板房就是一个家庭
三个石板房就是一个寨子
一万个石板房就是一个高原

谁家的石板房亮着灯呢
谁家石板房里的女人
给她们的男人收拾行装
夜深人静的时候

石板房都贴着大山
变成一声不吭的石头

1985年8月中旬 遵义

那个汉子……

那个汉子
在大车厢里勾引了你
那个汉子
在庄稼地里欺侮了你

他的胳膊蛮横有力
他的胡子蛮横有力
他的嘴巴蛮横有力

你恨死了那个汉子
你找到了那个汉子
你跟了那个汉子
一辈子，然后是一辈子
你再也没想过什么

老家

一

一方水土养一方人
住惯了
就守在那儿
不再离开
那儿就成了家
就有了好风水

二

是一条水
还是一架山
是一座庙宇
还是一棵树
也许是瓷器
也许是水果
每个地方都有一样好东西
让那里的人

一辈子脸上生辉

三

老家有姑婆陵
姑婆是个有名的女人
她当过皇帝
她躺在姑婆陵里
躺得很有福气
一条河从她的脚下流过去
河水流过的地方
是一片平原

四

老家有个好名字
老家叫乾州
乾就是天
老家人靠天吃饭
老家人以庄稼为生
他们交公粮纳税

干旱的日子

他们就说

老天不给人吃饭了哎

他们就看看天

五

他们以善心待人

他们委曲求全

他们也结交朋友

好朋友就是他们的邻家

他们就像树根一样

纠缠在一起

一个人死了

就惊动全村

他们说

十个亲戚不如一个好邻家

他们说

兔子不吃窝边草

六

出远门的人

回到老家

他们像亲人一样
他们打招呼
他们说动心的话
他们真好
他们的心是肉长的
他们可怜出门的人
他们认定在外边一定受苦
他们都说
好出门不如歹在家

七

他们羡慕当官的人
他们害怕当官的人
他们离不开当官的人
没人管他们的时候
他们就不会过日子了
不知道路该怎么走了
他们是一群可怜的虫虫
夏天，他们把衣服脱在地坎上
冬天，他们把手缩在袖子里

八

他们有许多忌讳

要上县城卖菜了
要去北山换粮了
他们就赶个早起
他们怕碰上女人
他们说出门的时候
碰上女人一定晦气

九

大地方的人会笑他们
说他们是些冒傻气的人
就凭着那股子傻气
他们一辈子安分守己
他们说人要知足
他们说好死不如赖活着

十

明天呢
他们说谁知道明天
是个什么样子
往前的路是黑的
上山么——打柴

过河么 ——脱鞋
他们总这么说这么说

十一

他们也有幻想
他们把希望
放在儿孙身上
也许有那么一天
到了儿孙手里
就会出人头地
三十年河东
三十年河西
他们总这么说这么说

十二

老家就是这么个地方
老家人就这样
守在那里
守着姑婆陵
守着他们的过活
哪怕发生天大的事情
也能把穷难日子
过得温暖

大西北

玛拉斯湖在刮风

博斯腾湖在刮风

青海湖在刮风

鄂陵湖杜陵湖在刮风

准噶尔在刮风

塔里木柴达木在刮风

天山昆仑山祁连山在刮风

古尔班通古特在刮风

塔克拉玛干在刮风

巴丹吉林和腾格里在刮风

河西走廊在刮风

乌鲁木齐兰州银川西宁在刮风

黄土高原在刮风

起风了

黄帝陵秦皇陵昭陵乾陵在刮风

霍去病的石马在刮风

胡笳羌笛古筝编钟在刮风

飞天的长袖在刮风

生在这儿长在这儿活在这儿要刮风

死在这儿埋在这儿塑在这儿要刮风

几千年前一万年后要刮风
大西北是刮风的地方
大西北就是一股风

西北人在刮风的地方喝酒
西北人在刮风的地方造屋
西北人吃大块牛肉羊肉马肉
西北人点一堆火就烧熟骆驼
西北人生男儿生女儿
长大了就是西北人不会断子绝孙
西北人死了就埋进沙漠埋进戈壁
埋进随便哪一块地方不说什么
西北人敢和汉武帝唐太宗打仗
打赢了就烧就夺就抢
就让蔡文姬做他们头人的老婆
西北人失败了也是英雄
就让人家杀让人家割让人家宰
就让战马长啸让大雪扑满弓刀
西北人让儿孙们走进北京走进上海
走进杭州苏州扬州当丈夫当主妇
让全中国生长他们的骨血
西北人不敢碰见西北人
一碰见就会碰出一团火
碰出天山祁连山昆仑山
碰出毡房碰出拴马桩

碰出酒泉

碰出那一块刮风的地方

碰出一条倒淌河

西北人一个女人一顶帐篷

一群马一群孩子就是一个家

西北人一脸土一脸灰但不晦气

西北人穷得叮当硬得叮当

走到天尽头也能认得出

西北人打老婆骂老婆

出远门就想老婆

野男人拐走老婆就想动刀子

就闷在屋里喝酒

喝完酒就原谅了老婆

西北人开羊肉馆开牛肉馆

招揽天下人

西北人爱唱花儿爱唱道情爱弹冬不拉

西北人爱听板胡爱唱秦腔红脖子涨脸

西北人走几天见不着村庄见不着人影

就一个人自言自语

西北人在大沙漠大戈壁

在大山里异想天开

西北人要住楼房要乘电梯

要在漂亮的街道上溜达

西北汉子要娶漂亮姑娘

生漂亮儿子过漂亮日子
西北人想打电话想坐飞机
想知道天下事
西北人想爬上火车出潼关经河南
一夜间开进青岛开进太平洋
西北人吃一辈子苦一辈子一辈子
一辈子没怨过这个世界……

起风了
大西北在刮风

1985年

1986

黄土高原（六首）

　　黄土高原位于中国西北部，跨青海、甘肃、宁夏、陕西、山西、河南六省市，面积53万平方公里，为世界最大黄土高原。古生代时期，这里是一片汪洋；古生代末期，它开始破水而出，呈现优美的亚热带风光。第四纪，强大的西北风把蒙古高原以至中亚地区的尘状粉沙向东南搬迁，历数十万年的日积月累，这里被覆盖上了一层黄土。这里也有太阳、月亮、河流。也有许多人住在这里……

——题记

大风弥漫

你从大睡中醒来

腰仰起又弯下

像一根柔韧的弓

你甩动长发

向我呵气

遥远的西北方

响着你空阔的呼吸

你揉捏母岩
揉捏干旱的草原和戈壁
指缝间金灿灿的廁粉飘飘扬扬
吹向我
吹向我
吹我的褶皱
吹我的臂弯
吹我最羞涩的地方

起风了起风了
大风弥漫
风尘纷纷降落
让我不安地扭动
让我丰满
让我荒凉
让我赤身裸体地躺在这儿
作塬的样子
作梁的样子
作峁的样子
引诱太阳
引诱痛苦的眼睛
风啊
大风弥漫……

太阳

你把淫威温和地泼给我
像我的男人
给我灿烂的鼻息
给我灿烂的手掌
给我灿烂的芒刺
照亮我每一个地方
让我呻吟
让我裂开
让我干巴巴
让我渴

你嗅我的身体
你在我的身上写字
你在我的身上画画
我不说一句话
干巴巴的眼窝张着
干巴巴的嘴唇张着
我渴

太阳
太阳滚圆

泥 河

海退潮时留下你

留下浑浊的胸音

在我的低处呜咽

震动我

冲击我

切割我

汛期如约来临

你和季节合谋

用优美的线条

奔跑着给我文身

让我绝望

让我沉沦

让我闭上眼睛

习惯你

像习惯日落日升

习惯过去的每一个日子一样

习惯你堂皇的勒索

我的黄土漫无边际

随你凹陷

随你脱落

像树叶随风

随你走

随你流

随你蜿蜒

明月降临

记不清什么时候
什么时候你已降临
波浪在我的指尖上悄然开放
开放又流淌
一群群白蝴蝶如醉如迷
只有你降临的时候
我才是柔软的女人
我的树才朦朦胧胧
让风拨动
我的草叶才宽舒地伸开
鸟儿睡在梦的边缘
我的小路摇摇晃晃
爬上山又爬下山
河流轻如呼吸
在我的手背上
灾难只是影子
遥远又遥远

记不清什么时候
什么时候你已降临

让我迷蒙
让我寥廓
让我苍茫如水如烟

树王

你精心地收集月光
收集又滑落
泼上我的胸膛犹如泼墨
你用苍绿的叶子
给我作海的颜色
作波浪的轻响
让我听鱼类的声音
让我听贝壳的声音
让我听鹦鹉螺的声音
海百合抖动裙裾
在幽蓝处开放
珊瑚的珠光闪闪烁烁
你摇起青葱的帆缆
让我想起雨季来临时
蕨类快活的模样
蒿类快活的模样
莎草科和栎属类快活的模样
金黄的大雨滂沱

金黄的阳光滂沱

滂沱如金黄的瀑布

羚羊和三趾马越过世纪的栅栏

响过浅水湖

辽阔的草原让我酥软

你用手指刺痛我

风舔噬着我的额头

生命被一茬茬收割

挤压在我的墙壁

剥落如叶如鳞

飞起的不是鹰

是风化的石燕

你在荒凉的庭院里

向一贫如洗的天空震响

让我回头

让我沉默

风干的黄泥无边无沿

高原人

黑压压一片面目肮脏的是你们么
太阳晒黄风吹着的是你们么
交公粮纳税唱酸曲的是你们么
和山和黄土结下冤仇的是你们么

是你们卑琐的一群

把头垂在胸前

垂在两手之间

守着我死也不肯离开

来吧你们

爬上我的胸膛

给你肥嫩的草

给你高粱

给你糜谷

给你过不完的日子

我养你

喂你

埋你

什么也不留下

就这么你们

把头垂在你们的胸前

垂在两手之间

以生命家族中最痛苦的姿势

朝向我

占有我

占有我金黄的躯体

让时间缓缓流过

1986年5月

牡丹台

一

全世界的月光
好像都集中在这里了
照着牡丹台
守护着她

站在牡丹台的高处
能看见罗子山
能听见黄河的声音
黄河像冻僵的指头
裂开一道口子
一路而下
那里有筏子和摆渡的船夫
牡丹台的人不认识他们

二

牡丹台在沟掌里

离它最近的村子
要走二十里
二十里路上都是石头
两边也是石头
石头抵着天
石头上长满松树
让人害怕
也让人迷离

走这样的路
会以为它能通往仙地
到牡丹台就会看见
那里没有神仙
有人在坡上犁地
有人在沟底种蒜

三

很早以前
一户河南人来到这里
不想走了
就放下挑子
在这里安了家
牡丹台就有了人声

有了淡蓝的炊烟

以后又来了一户
又来了一户
就这么
牡丹台有了七户人家
七户人说着三个省的话

那时候
牡丹台上开满了野牡丹
现在没有了
牡丹开花的地方
开了荒
种了庄稼

四

牡丹台没有学校
孩子们都会捏尿泥
也会过家家
长大了就满沟里跑
看见外边进来的人
他们就瞪着黑眼睛
看见一只狼

也没有这么惊奇

没人愿意嫁到这里
可这里的人也有爱情
你娶我家的女子
我嫁你家的汉子
七户人就这么
做了亲戚
有了血肉联系

五

不知什么时候
牡丹台也有了一个队长
七户人都听他的
他是牡丹台的老户
娶了七户里最漂亮的姑娘
只有牡丹台的人知道
他有多么重要

牡丹台是一只船
他就是掌舵的
牡丹台是一个国家
他就是皇帝

他让牡丹台的人
有了尊卑贵贱
也有了等级

六

白天在远处看
牡丹台悄儿没声
晚上在近处听
牡丹台悄儿没声

收获的季节
就有人来到这里
让他们把公粮拉到那个小镇
走五十里山路
交给粮店
这时候
你就会知道
牡丹台不是世外桃源
牡丹台在中国
是中国的一个村子

想想这个
真让人惊叹

七

也说不一定有一天
这里会出一个名人
牡丹台就和每一个
出名人的地方一样了
会写进书里
被许多人提起
让许多人向往
牡丹台的石头就成了好石头
牡丹台的黑窑洞
就成了世界上最好的窑洞

鼓阵

白羊肚手巾涨潮了
窑里生的沟里长的风里吹的
庄稼汉涨潮了

酸倒牙酸倒石头专惹婆姨汉子
站着听坐着听眼睛瞪着心里痒着的酸曲
偏偏不唱要敲这牛皮腰鼓
风里响雨里响糜谷一样金黄透亮
嫁女子迎媳妇过川道进拐沟
在向阳的坡上出殡送葬的唢呐
偏偏不吹要敲这牛皮腰鼓
不飘飘洒洒不袅袅娜娜
就这么闷声闷气地踏踏踏踏
震这些走不出看不透的黄土峁峁沟沟岔岔
不颤颤悠悠不飞飞扬扬
就这么一槌一声地冬叭冬叭
震你手震你胳膊
震得你心里忽儿忽儿地

就这么来了来了进了壕壕出了壕壕

白羊肚手巾涨潮了
就这么来了来了上了坡坡下了坡坡
庄稼汉涨潮了
就这么敲着敲着眼红了血热了跳得老高
　老高
就这么跳着跳着心迷了心疼了心疼了又心
　迷了
就这么迷了又疼疼了又迷什么也说不清了
窑门口的小石磨说不清了
甩蹄子的小毛驴说不清了
墙上挂的窑里摆的牛鞭羊鞭老镢头
破皮袄酸菜缸子和大头苍蝇说不清了
栽多少杨树柳树槐树还是光秃秃
落不住一根鸟毛的峁峁梁梁坡坡说不清了
崖畔上窑畔上姑娘后生一堆一堆说不清了
路上想好事炕上说好事睡觉梦好事
一辈子遇几回好事说不清了
踏踏踏踏涨潮了
冬叽冬叽涨潮了
哭说不清了
笑说不清了
一肚子红萝卜土豆红薯
和一肚子的晦气闷气运气说不清了
坡上埋的炕上供的就是爷爷奶奶祖先们
臭鞋烂袜子盆盆罐罐和酸甜苦辣说不清了

怀里抱的手里拖的就是后辈儿孙一代又一
　　代
流多少鼻涕眼泪
长大了就守在这里娶婆姨嫁汉子
种糜子谷子吃谷子糜子
也许想出人头地就说不清了
祖坟埋到好处的就走出去
到北京到上海到西安到那些大地方
当大官当大人物指手画脚不再回来
一提起就让一沟的人脸上发光也说不清了

就这么一声不吭地踏踏踏踏
涌过来了涌过来了
白羊肚手巾涨潮了
就这么不言不语地冬叭冬叭
涌过来了涌过来了
庄稼汉涨潮了
就这么让你不知道想哭还是想笑血就热了
就这么让你见上一回
心里就忽儿忽儿的
一辈子也忘不了了……

1986年

窗花

窗上总糊着麻纸
她说
山里风大

年好过
月好过
她说
日子难过

一年吃一回肉
吃肉的时候
麻纸就贴上窗花

狮子滚绣球啦
喜鹊闹梅花啦
蓝鱼儿张着嘴巴
还有一只猫
她说
猫儿会叫春呢
跟娘学会了这个

那时候
还是个女子家

好看么
她跪在炕头上
穿件破褂儿
一笑才看见
不知道什么时候
掉了几颗牙

那个人

她一个人
在坡地里看天
布衫上流着风

没有云彩
还是那个太阳
鹰儿抖翅膀呢
她想

帽子放在磨顶上……
鞭子挂在钉钉上……

是拦牛的老汉
唱酸曲呢
唱得人心慌

她一个人
卷着裤腿
在坡地里看天
金灿灿的黄土

富贵又荒凉

就她一个人

在坡地里看天

1986年5月23日 咸阳

雪花的孩子

雪花的孩子
在碾畔上
不哭也不闹
她是雪花的孩子
雪花正在碾米
一边赶毛驴儿
一边看着她

总有那么一天
她到底会长大
到底会知道那些山
那些石头
可现在
她只是雪花的孩子
是个小姑娘
在碾畔上
不哭也不闹

1986年5月23日改

憩息

他们坐着
在梢林里憩息
棉袄使他们变得臃肿
阳光穿过空隙
涂抹着他的脸
他张着眼睛
听见她
解开辫子的声音

年轻的时候
他爬过许多山
才知道还有许多山
用尽一生的力气
也爬不出去
山不给人一点希望
他真想跳进去
让山淹死

就这么
他折过身

敲开她家的窑门
显出很累的样子

现在他们坐着
在梢林里
是一对砍柴的夫妻
梢林空空洞洞的
像经历了许多时光
他张着眼睛
听见她
解开辫子的声音

1986年

石头里的人

过年过月过一个又一个日子

背太阳背月亮土眉土眼

爱老天骂老天遭了灾求老天

烧香化纸磕头给老天当儿子孙子

眼泪水一流两行

哭过了就凿石头抠黄土

让汗水油一样流

天一黑就进窑就上坑

把风关在外面月亮关在外面

把满山的庄稼关在外面

让狗守住村子守住院子

把疲劳卸给他们的女人

就像骑着肥胖的马儿

出了沟出了川道

跑进了大世界

享尽了世间的乐事

然后就生儿育女一群一群

然后就受穷就叹气

还要一群一群生儿育女

盼他们长大成人

娶不下女人就垂头丧气
就一个人伤心难过想世态炎凉
上街去硬挺着脖子装个人模样
就找酸菜缸子炒一盘酸白菜酸萝卜
两个人对着喝酒三个人围着喝酒
打老虎杠子喊虫子叫鸡
输了也喝赢了也喝捣鬼的罚你喝
喝得醉眼模糊
醉了就吐就泻就滚在炕上睡个好觉
天一亮就上山就下沟
把一身的力气甩给沟壑壑山梁梁
和一道道的川

开心的时候就说大话就吹牛
躺在窑里笑走在路上笑
尿尿的时候也会想起来
就一个人给自个儿笑
就这么一笑百了
就早上炊烟晚上炊烟
让羊叫唤牛叫唤鸡叫唤
狗叫声传得很远很远
白天仍有太阳晚上仍有月亮
山还是山沟还是沟
满世界的水也没有山沟沟里的甜

1987

诗人

诗人们才气横溢泪水横溢

也许还有鼻涕

溢成美妙文章

刺痛我们的眼睛

让我们的灵魂不得安宁

让我们抱怨自己

没赶上好时候

而他们死了

死得一干二净

什么也不知道

谁没有一点才气

没有泪水和鼻涕

也许有一天

我们有了好名声

就留下什么

刺痛儿孙

让他们羡慕

让他们膨胀，有时候

又没根没由地

想痛哭一场
我们一声不吭
睡在地下一天天腐烂

想想这个
我就发呆

屋檐水

1

就这么
坐在我跟前
围绕我
淹没我，无声无息
看着我
想流泪的样子
就这么
让我感到
我是个孩子

2

我怕，怕我的愚笨
不能给你欢愉
怕树叶在窗口
意外地凋谢
你会想起另一个时间

另一个地点
有一样东西正在跌落
你就离开我
怕你离开的时候
不留下什么

3

只有这间小屋
一杯清水
一堆烟蒂
只有你的声音
温顺地流着，让我
不再感动
不再难过
也不再说话
我仅仅是在享受

4

你总是情愿地
让我吻你
不让我看见

你有些努力
你总是忽略
一些话题
让我感激
让我痛苦地感到
没有遥远的地方

5

你只是看着我
看我写字
看我抽烟
看我抽烟的时候
消瘦的姿势
让我忘记
我们正在相爱
我们只是
在经历着什么

你总是这么平淡地
和我默契

6

你总是在我需要的时候

把手伸给我
把头靠在我的胸前
胆怯地看我
脸上的泪水
一点也不做作

你总是默默地参与我的疼痛
让我无话可说

7

你贴着我的脸
给我的只是气息
让我依恋
让我回忆，让我
在失去你的时候
什么都会想起

8

这是我美好的时辰
没有什么会打扰我
雨水悄无声息

落在每一条路上
每一条路上
都有人走回家去
这是回家的时候
这是我一个人的时候

这是我孤独的时候
只有这时候
我才能细致一些
潜心一些，点一支烟
在我的小屋里
不激动
也不等待
这是我想你的时候

1987年夏

银杏树
给一位高原上的诗人

你把衣服撕成布条

挂在银杏树上

阳光宣泄着你的初潮

你瞭望高原

所有的石头山

向你靠拢

又潮水一样退去

这情景你感到非常熟悉

你渴望践踏

渴望蹂躏

绝望中一阵晕眩

你的胸膛挂着高原的钥匙

你是高原上孤独的女人

银杏树知道你的名字

阳光下

你的肤色神秘莫测

1987年12月

1988

交谈：自言自语

1

仅仅只是心境相同
我们才坐在一起
坐在太阳底下
就这么成了朋友

其实我们知道
相通和理解只是一种愿望
我们会各自走开
留下石头
和阳光

其实朋友就是这么回事
其实都有自己的心事
只是在心境相同的时候
我们坐在一起
我们都很真诚
然后我们走开

2

生不过是一件偶然的事情
而活着不容易
尽管我们的生命
不会太长
尽管走这么一趟
也用不了多少日子

想想这个
就少些生气
少些摧残
少些消耗
可我们还是
办不到

3

站到最后
街道就会冷清
你走回家去
你就会看见
妻子在房间里走动
家具挨着墙壁

左边是台灯
右边是眠床
你就会感到
这一切都很真实
这一切有些荒诞
你和它们只是偶然相遇
组成了某种关系

其实这里边没有欺骗
其实都是本来的样子
其实我们对这个世界存有奢望
其实这就是我们痛苦的根源

4

我们总是陷进去
陷进去就狂热
就痴迷
就温情脉脉
然后我们叫喊
然后流血

其实想想
不陷进去又能怎样

5

我们所有的区别
仅仅是我们的名字
甚至声音
甚至纽扣
甚至做爱的时间
和地点

我们总是容忍我们自己
我们总是在牢骚之后
彼此笑笑
我们步调一致
上班或者回家
做各自的事情
我们用同一种方式
处理我们的前途
家庭，子女
和我们的爱情

6

今天是节日
节日使所有的中国人

都变得丰富起来
他们都坐在家里
和亲人们交谈
吃好吃的东西
贫穷者一夜间富裕了许多
脸上放着光彩

节日里找不到可心的朋友
节日是一只笼子
所有的中国人都钻进去
显得理所当然
我们不能例外
我们不想孤独
我们就钻进去
在祖宗的牌位下
找出所有的中国人
在这一天都说的话题

7

我们想了许多办法
肯定我们的存在
到头来还是发现
我们所做的一切

仅仅是一种努力
白天我们淹没在大街上
晚上我们埋在房子里
闭上眼睛
整个世界都是我们的
睁开眼睛
连我们也是人家的

在生和死之间
我们无法选择
也无法超越
我们活着
然后死去
带不走一根柴火

8

我们制作镣铐
然后我们戴上
我们跳舞
用各种各样的姿势
这是一种状态
一种方式
让我们哭笑不得

就这么我们体验生命
就这么我们以为
我们有了某种意义
并为此泪流满面

9

不知道临死的那一刻
我们歪过头来
会想些什么
我们经历的一切都很具体
包括痛苦
包括欢乐
而语言和文字
只是一种简单的概括

我们不能久待
我们只有一次
我们继承的是一场绝望的战争
这就是我们全部的光荣
和悲哀

10

我们总是忽略

我们手里的东西
我们想得到更好的
我们总忘不了
我们是人我们了不起
我们遇到的每一件事情
都深奥无比
我们留恋过去向往未来
我们奋斗一生
到头来还是不知道
什么是我们想要的

其实我们比兔子还蠢
不吃窝边草
而远处的又吃不到

11

在院子里我们
设计流浪的方案
我们把虚幻的经历
想得悲惨又悲惨
然后我们怜惜自己
为自己感动
就这么我们画地为牢异想天开

就这么我们丰富了一会儿
伟大了一会儿
然后像饺子一样
掉进锅里
煮成别无二致的表情

12

我们和苍蝇作战
我们埋怨冷天气
想起来这还是幸运的事情
事实上我们看不见对手
我们只有难受
在这种境地里
也仅仅只有难受
死不了的时候嫌活得太累
真死的时候才知道我们
对什么都有留恋

也许最大的错误就在于
我们不知道真正的对手
正是我们自己

13

超越的企图使我们永不安宁
我们发明思想
想天下事
为情人流泪
我们翻新一些名词和概念
然后我们激动

其实我们没有力量
变成另一种模样
就这么我们伸长脖子
绳索越来越多
白天和睡梦里
都吊在树上

14

钟声响了
我们抬起头
听见有鞭炮声传来
心里就有些激动
谁也没有说话
就这么心里有些激动
这是另一种程式
我们都很熟练

我们毫不费力
就那么我们激动了一下
忽略了最后一声的时辰
是结束还是开始

15

我们不知道会遇上什么
过来的一切也未必清楚
我们先是孩子
然后是少年
然后一天天长大
无数的人和我们一起生活
想起来还算有些缘分
尽管搬搬指头
能打招呼的也数不出几个

我们同行我们无法交流
这是我们留给生命过程
仅有的遗憾
我们缄默不语
我们的脚步
是这个世界唯一的声音

1988年初于西安

2007

给我的蟑螂兄弟

1

是因为厌烦
还是因为爱
才要从人类化出
做一只蟑螂

是要拒绝
还是怜悯
才和人拉开距离
做一只蟑螂

脑袋里装着
藏书楼的简牍
翅膀上印着
亲见的历史

2

从湖边飞到海边

再飞到

另一个海边

他没有飞出中国

在一个繁华的城市

筑巢结庐

白天把自己放逐

在大街上溜达

晚上把眼睛关起来

在屋子里扫描全世界

听黑人唱歌

看黄人演戏

白人是他的最爱

在床榻上交欢——

他说

这就叫风景

这就是艺术

3

有的人翻云覆雨

穿着布鞋革命

有战无不胜的思想

有的人三起三落

摸着石头过河

有攻无不克的理论

蟑螂开着一辆廉价的宝马
左视镜挂着蟑螂思想
右视镜挂着来不及理论
不战不攻
尽得风流

4

蟑螂不修边幅
走街串巷
在酒馆里请朋友吃饭

蟑螂喜欢手机
凌晨三点
给朋友发黄色段子

蟑螂辞了公职
说他妈的我不要
谁的施舍

蟑螂开了一家公司
说他妈的这世界

管用的是票子
我没有蟑螂的勇气
我也知道票子
我至今还领着工资

5

蟑螂喜欢赖斯
想飞到美国
听赖斯弹钢琴

蟑螂有一个希望
让中国人都变成蟑螂
然后让小布什
领着人马扫荡

中国人不会变成蟑螂
小布什暂时还不敢过来
我的蟑螂兄弟
时常为此悲伤

我说你飞到美国去吧
他说飞不去呀他妈的
又多了一些悲伤

6

蟑螂说中国人
只想画山画水
画萝卜和白菜
再画几只虾
就是一盘菜
再画一间亭子坐进去
喝酒念诗
说什么行到水穷处
说什么坐看云起时

蟑螂说中国人
不会画阳光和美女
阳光在洋人的树叶上
能摇下来
掬在手心里
美女在洋人的画布上
屁股是屁股
奶子是奶子

7

不知是把我列为例外

还是要给我一个讽刺
蟑螂从家乡
背来一麻袋毛笔
让我写中国字
蟑螂说写吧写吧
你就是现代的王羲之

8

是随意
还是故意
是偏好
还是秘密
为什么不是老鼠
为什么不是毛虫
可选择的还有许多

就这么他成了
这样的一只蟑螂
就这么他是
这样的我的兄弟
颠三倒四
云里雾里
给我惊喜

让我惊异

2007年8月26日

注：我的蟑螂兄弟：崔建明，湖州人，现居深圳。

跋

我和诗

编排在这本书里的第一首诗，是我在所谓的正规出版物上第一次发表的诗作。那时候，我正在山东大学读书，是我对诗十多年迷恋的开始。我几乎天天写诗，也读诗。山东大学使我享受了一生中也许最重要的阅读。诗是我阅读的重要部分。我阅读了白话诗以来几乎所有的重要和不那么重要的诗人诗作。我甚至相信，也阅读了这个图书馆所有的汉译诗作。我也在思想，尽管年轻。

我先是一个名为"云帆"诗社的社员，然后是社长。我们有一本油印的诗刊，自己刻蜡版，自己印刷，然后装订成册，给社员，也寄给外校的和我们一样迷恋着诗的同类。

1982年，临近毕业时，我成了"在资产阶级自由化泛滥时期曾受过影响"的危险人物，不能进北京，被分配到天津。我拿着三位老师的三封信，找到了已在天津做了官的一位校友，他安排了我的工作。

我依然写诗，和过去一样，写在我用白纸订成的本子上，写完一册，再订一册，继续写。我发表的诗作大多是朋友帮我寄出的，很少，更多的都在我的那些本子里。

我住在天津市解放路的一座铺有木板的楼上，那里也是我上班的地方。有人告诉我，它曾经是德国人的俱乐部。每到深夜，我都能准时听到一阵马蹄敲打柏油路的响声，我知道这蹄脚和这座城市的粪尿有关，但我喜欢这清晰悠远的蹄脚声，至今留有余音。楼的背后是海河，我在海河边坐过。

1984年，我调回陕西。1985年，我去贵阳参加了《诗刊》社举办的第五届"青春诗会"。我第一次听见有人称我青年诗人。我能想象出我惶恐的表情：这就是诗人了？也有抑制着的兴奋；也知道这兴奋是不牢靠的。

但依然写诗。我在西安市东南角的城墙根下，办公楼的一间地下室里，住了10年还要多的时间，然后，我有了自己的房子。那是1994年的春节。

1986年，我在陕北延长县的一条稍沟里，开始做我以为是小说的小说，也写诗。我的身份是省上派下去的扶贫干部。我们并没有给那里的人带去通往富裕的秘籍，倒是带去了一些树苗。我和他们相处很好，一起修梯田，一起栽树，也领着卫生队满沟里找那些不愿计划生育的女人，给她们上环。

1989年的夏天要结束的时候，我把自己装扮成肝炎病人，躲在西安电影制片厂的招待所里，开始做电影剧本，此后，就在电影电视和小说写作之间游走，直到现在。

1987年末到1988年初，我写了我以为会是我最后的一首诗。

20年后，我又写了一首，我把它编排在了我的诗的末尾。

我和诗的相遇，正在我年轻的时候。它参与了我年轻的思想和情感，快乐和疼痛。我做过诗人的梦，也为要做一个诗人写过许多诗。我庆幸的是，这样的诗并不是我的诗的主体。我更多的诗是写给我的亲人，我的朋友和我自己的。这也许更符合诗的内质。

我欣赏鲁迅先生关于创作的几句话，其中的两句是：

"创作是有社会性的。

"但有时只要有一个人看便满足：好友，爱人。"①

这本书

在现在，出版一本诗集，首先是因为我的朋友崔建明。

在我的朋友中，崔建明是唯一反对我写作的人。别写了别写了写了也是垃圾，他说。他怂恿我看碟片，每隔一段日子，就会送我一堆，都是他花钱买的。看吧看碟吧兄弟，他说。

就是他，却偏偏鼓动我出版一本诗集。

我是曾经想过出版一本诗集的，甚至为它写过一篇短序，但终于没有出版。还在几年前，我已把我几乎所有的诗稿送给了我的一位朋友，大概是要把它们作为一个记忆，存放在我认为牢靠的地方吧，或者干脆是要忘掉它们。

但决定要出版一本我的诗集，却不仅是因为崔建明的鼓动，还有我在深圳的几位朋友和兄弟，他们愿意为我的诗集写一些他们愿意写的文字。他们是：

陈寅、尹昌龙、胡洪侠、姜威、邓康延、张清、梁二平、王樽、李松樟、齐霁。

就因为这些朋友和兄弟，我对我新到的这座城市，才有了一些踏实和富足的情感。也因为有他们的文字，这本书也就不只是我的诗集，还有更隆重的东西。以胡洪侠的说法就是：

"一个人的诗和一座城市的文字。"

我喜欢这样的说法。在我的眼里，我的每一位朋友和兄弟，都是这座城市最活跃的文字。

---

① 《而已集·小杂感》，《鲁迅全集》第三卷，第532页，人民文学出版社，1982年。

这样的一本诗集，这样的一本书。

是一个纪念。是情感的典藏。

也是礼物。给自己；给我的兄弟；给曾经喜欢过我的诗，至今还记得的那些相识和不相识的朋友。

诗集编成了，却成了文集中的一本，不是编辑时所想的样子了。朋友们为它所写的文字，只好割爱，未能收入。但对朋友的感谢依然是由衷的，永远的——包括突然离世的姜威。他们的文字，会在另外的时间，以另样的形象出现。

当我重新翻检我许多年前的诗作的时候，我才知道，记忆是不可能被封存的。我也不可能忘记诗。我还知道了，在我不写诗的时候，我并没有离开诗。

侧身说诗

关于这本书，要说的已经说完。写在下边的文字，有些是曾经想说而没说的，有些是现在想起来的。小标题是顺手凑的，不过是说，这些文字与诗有关，而我已不在诗中了，或许从来就没有直面过中国的诗，所说的当然不会中正公允。但还有要说的勇气，是因为这世界从来就没有中正公允的话，如果有，也都是正确的废话。

还在我与诗结伴而行的时候，诗正参与着中国的思想启蒙和精神蜕变，也是这启蒙和蜕变的现实成果。以红色命名的最疯狂最黑暗的历史刚刚结束，每一个人都是这疯狂和黑暗的参与者受害者。情感正在苏醒，虽然脆弱，却是蓬勃的，张扬的；理性开始成长，虽然有限，甚至像林莽对道路的向往一样迷茫，甚至像死灰对再生的渴望一样绝望，但不羞怯这迷茫和绝望，而在这迷茫和绝望中，寻找着命运的由来和情感的所依。痛苦与欲望，叛逆与反抗，憎恶与忏悔，悲哀与无奈——诗最先表达和呈现了它对现实世界和自身的双重的冲动。它是个人的，也是中国的。共同的历史遭遇和现实境遇，使诗获得了白话诗以来最广泛也最深切的共鸣和呼应；也在表达和呈现中塑造了自己的形象。

思想和艺术从来都是相互催生和相互依存的。中国的白话诗开始于思想启蒙和精神蜕变，在半个多世纪后的又一次启蒙和蜕变中，成为最大的受益者。它受益于自己的有话可说，也受益于相对宽松的话语环境，即：允许说。

随着话语环境的改变，精神暴力与奴才的精神惯性自觉不自觉地合谋，改变了诗的行走路径——

有人要做大诗人了，以为语言可以堆积成宫殿，以为在这样的宫殿中可以羽化升仙。这是一个误会。诗是语言的艺术，可惜，无话可说的诗人堆积来的语言是与诗无关的，无论你摆成多么崇高的姿势，扮成多么神圣的面孔。

有人要拒绝崇高了，这是又一个误会。中国的诗从来就没有涉及过这一领域，自己也并不拥有这种东西。本就没有，何来拒绝？这拒绝是虚拟的，非现实的，用心也许在别的地方。

还有"论争"。两伙人在一个宾馆相遇了，其实是相邀。一伙代表民间诗派的口语写作，主张现场的，当下的，口语，关注感观，小事，琐事，日常状态，甚至下半身；一伙代表知识分子写作，更多关注观念，精神体验。事实上，论争的两伙是一伙的。只是因为姿态不同，在命名上分为两伙罢了。以诗而言，中国没有真正的民间写作，也没有真正的知识分子写作。如果有，诗就不会有那么多的怪相了。

其时，诗已退到了边缘。

边缘化也许是正常的，在边缘作怪相是诗的悲哀，在诗人，还要加上滑稽的。

有人要维护汉语写作的纯正和尊严了，这依然是一个误会。中国的白话诗发生在文人写作由古文到白话文的转型期，口语和文言，民间语和汉译，共同滋养和陪伴着中国白话诗的成长。优秀的汉译从来都是两种语言在转换中碰撞，在碰撞中的创造，是汉语的组成部分，怎么忽而就成了汉诗写作的异己了呢？汉诗的纯正不纯正，不是洋人破坏的，汉语写作的尊严，也不是洋人扭曲的，更不是汉语译文。汉诗的纯正和汉语写作的尊严，要靠实实在在的作品维护和捍卫。我们有吗？我们的汉诗更需要的是丰富，甚至庞杂，还远谈不到纯正。

有人不关心写什么而更关心怎么写了。这不是误会，而是借口。写什么和怎么写从来都是一个问题的两种说法，只有在初级写作教程的意义上，它才是两个问题。同样面对神像，奴才和奴隶的立场和心态是两样的。同在马桶上，苍蝇和蝴蝶的心情和兴致也不尽一致。同在马桶上，蝴蝶不会变成苍蝇，苍蝇也不会变成蝴蝶。这可以作为只关心怎么写并不能改变写作内质的一个证据。

无话可说或不许说话时，应该的情形是没有诗，有的只是想做诗人的写作者写出来的文字。或者连这样的文字也没有，有的只是招牌。

诗就是这样退缩的。

以上可以是我以为的诗的退缩纪行。也可以是颓败。

诗退到下半身和马桶上了。下半身和马桶不是问题。问题在马桶上的诗人用他们的下半身说什么。也许坐在马桶上使用下半身已经是一种反叛，但这不是诗，是行为艺术——这倒是思想史和艺术史的一个好题目。

许多诗人正是把写作作为行为艺术摆弄的。

然后才是所谓的身体写作。

然后是取悦世俗的写作大行其道。

诗，一种无法与叙事艺术争夺世俗眼球的文体，只能无奈而尴尬地退到边缘。诗人们在马桶上沉思，还是在床上跳舞，几乎已无人关注。也许，经济动物在物质文明化和精神世俗化的进程中是不战而胜的。诗不属于经济动物。诗是一种意识形态。

是诗背叛了自己，还是诗人背叛了诗?

生活资源的贫乏和情感失血，大面积的精神萎缩和思想枯竭，是诗颓败的症结。也包括其他艺术。也包括艺术批评。曾经的诗人们大多换了面目，也许新换的才是真面目。曾经的批评家大多转为教授和学者。这也正是中国读书人的老路。教什么? 授什么? 都是连自己也未必相信的东西。自欺;欺人。

但诗还在。它不仅见于真诗人的笔端，也跳跃在小说、随笔、甚至回忆录等作家作品的字里行间。这足以证明诗心未死。这个时代可以是世俗的汪洋，可以没有诗，但不可以没有诗心。诗心在，我们和我们的时代就不会在物欲和肉欲中腐烂，甚至相反，还要在物与肉的拥堵中冲动。

我写过诗，但没做成诗人，也不再做诗人的梦。我面对的是垃圾，也甘于面对，也许自己就是一件垃圾，这也正是我甘于面对的理由。伟大的诗人和作家我是见过的。他们拥有的我无法拥有。我羡慕，敬重，但并不自弃。能把垃圾拣出来，让我自己清楚，让愿意看见的人看见，也许正是我应该做的。

2008年5月汶川地震后于西安

作者致谢

感谢尹昌龙先生。因为他的美意，使我终于有了出版文集并以此检视我三十多年文字生命的勇气和动力。

感谢海天出版社。我很悦意把我的文集交给它，除了信任，还因为，它是深圳的出版社。"深圳的"，在我的情感世界里，就是"自家的"。自家人亲自家人，自家人进自家门，这也是一种"自然"。

感谢海天出版社第一编辑室。蒋鸿雁先生的专业素质，比之我的"自我检视"，要来得更为严肃——我拒绝了几家出版社的好意，没有匆忙地出版文集，就是想有一次严肃的检视，而不是印一套书，放在书架上，以它的"厚"和"多"显示"成果"，讨好自己。

感谢涂俏。她是出色的编辑，更是一位优秀的作家，由她做责编，我的欣喜和不安都是由衷的。

我当然希望，她为这套文集付出的劳动是"劳"有所值的。

感谢陕西师范大学的马聪敏老师。没有她的帮助，文集中的《回答卷》和《交谈卷》不但要延期交稿，还要杂乱无章的。事实上，文集中的诸多作品都有过她无私的帮助。

感谢霍鑫，是他把文集中没有电子文本的作品搜集整理成了电子文本。参与这一繁琐事务的，还有：李生普、肖磊、马宪刚、张琰、孙柯诸同学。对他们无私的付出，我满怀感激。

我信赖李松樟先生智慧的劳动。我甚至相信，他会使文集的每一页都有一个经久耐看的面相——它实在是"书"的重要的组成部分，尤其是在越来越讲究"眼缘"的当下。

我至今不会使用电脑。写作之于我，依然是在纸上"爬格子"。三十多年了，没有诸多朋友的支持和援助，没有读者朋友的偏爱，那么多小小的"格子"我是"爬"不过来的，所以，我的感谢不能少了他们。包括我现在工作的单位——深圳市文联和文联的同事们、朋友们。

　　王京生先生有一句话：深圳是一座爱书的城市。我深受触动，也感同身受。我爱这座爱书的城市，也是她的一个"分子"。文集中有一半的文字，是我成为深圳人之后写出来的。我愿把我的这套文集，首先献给她，也愿意接受她的检视。

　　但愿这套文集能有好的运气。

杨争光

2012年6月26日